譯註 石農漢詩選

만세여정집

晚歲餘情集

푸른사상 창작 한시선

譯註 石農漢詩選

만세여정집

晩歲餘情集

李雲成

푸른사상
PRUNSASANG

한시집(漢詩集)을 내면서

　나는 20대 젊은 시절부터 현대시(現代詩)에 뜻을 두고 작품 활동을 했다. 비록 과작(寡作)에다 시답지 못한 시를 선보여왔으나, 그래도 30대 초반에는 당시 문단(文壇)에 오르는 절차에 의해 시인(詩人)임을 자처한 일도 있었다. 주로 문예지(文藝誌)와 동인시집을 중심으로 발표한 작품을 모아 70대 중반에는 모두 400여 편의 시 가운데서 80편을 뽑아 『세한의 소나무』라는 시선집(詩選集)을 간행했는데, 그것을 계기로 나는 일단 시업(詩業)을 접기로 마음먹었다. 심신이 쇠잔한 데다 치열하게 문학적인 혼을 불태워 아름다운 정채(精彩)를 남겨야 하는 전문적인 일에, 더 이상 감당할 만한 역량이 없었고 실지로 옳은 시가 쓰이어지지도 않았다.

　그러나 마음과는 달리 내 안에서 꿈틀거리는 서정(抒情)의 응어리를 무조건 덮어버리지는 못하였고, 때때로 시적(詩的) 정감이 일어나면 주책없이 끼적거려 아무 지면에나 발표하는 버릇도 여전하였다. 닫아버린 현대시에 대한 향념(向念)을 그리 쉽게 버리지 못한 데서 오는 미련 때문이기도 했다. 그런 우유부단한 나날 속에서 1998년 여름의 어느 날 가끔씩 만나 정담(情談)을 나누던, 재종숙인 죽부(竹夫)

이지형(李篪衡) 교수와 외우(畏友)인 석여(石如) 성대경(成大慶) 교수가 불쑥 『행시단창수집(杏詩壇唱酬集)』 1권을 내밀면서 그 동인(同人)으로 참여할 것을 권하였다. 현대시의 체험에다 한시(漢詩)에 대한 기본적인 바탕은 있을 것이라 착각하기도 했지만, 무기력함에 허덕이는 못난 친구를 끌어내어 건강한 여가 선용을 함께하자는 우정이 더 큰 것이었다고 믿는다.

그때 나는 이미 그 '창수집'의 모태인 '행시단(杏詩壇)'의 존재를 알고 있었다. 1980년대 중반쯤으로 기억되지만, 도하(都下)의 보도매체를 통해 벽사(碧史) 이우성(李佑成) 선생이 '난사(蘭社)'라는 한시모임과 함께, 그분이 몸담고 있던 성균관대학교 교수들로 구성된 시사(詩社)를 창립했다는 소식을 접하고 있었던 것이다. 따라서 우리나라 인문학계의 한 거벽(巨擘)이 당시 이름만 들어도 알 만한 학자와 지식인을 망라하여, 근체시(近體詩)의 창작운동을 겸한 아카데믹한 취미활동을 지도하고 있다는 풍문은 나에게는 하나의 충격이었고 선망의 대상이기도 했다.

내가 지닌 얄팍한 한문의 소양으로는 감히 접근하기조차 쉽지 않는 피안(彼岸)의 영역으로 생각되어 멀찌감치 지켜보고만 있을 뿐이었는데, 느닷없이 두 분의 부추김을 받으니 처음에는 당연히 자격이 없다는 구실을 내세워 손사래를 치면서 사양하였다. 하지만 두 교수는 마침 '행시단'의 이름을 '백탑시사(白塔詩社)'로 바꾸고 외부 동호인을 받아들이게 되었다는 방침을 밝히면서 더욱 호의를 가지고 추천의 의사를 굽히지 않았다. 그런지 며칠 후 나는 드디어 실시학사

(實是學舍)로 벽사선생을 찾아뵙게 되었는데, 선생 역시 입회를 적극적으로 권하면서 "자네는 현대시를 공부한 사람이니 그 시적(詩的) 감수성과 체험을 살린다면 쉽게 동화(同化)가 될 것이다" 하고 오히려 용기까지 불어넣어 주셨다.

그리하여 나는 1999년 8월에 처음으로 시회에 참여하여 시초(詩草)를 내고 평가를 받았다. 당시에는 좌장격인 벽사선생을 비롯하여 지당(遲堂) 박준서(朴峻緖)·일탄(一灘) 하한식(河漢植) 두 원로를 좌우로 모시었고, 창사(蒼史) 이춘희(李春熙)·죽부와 석여 그리고 고촌(古邨) 이운구(李雲九)·반정(泮丁) 정범진(丁範鎭)·대산(對山) 이동환(李東歡)·지산(止山) 송재소(宋載邵)·경인(絅人) 임형택(林熒澤)·양원(陽原) 김시업(金時鄴) 교수 등이 서녘 하늘의 규성(奎星)처럼 찬란하게 자리를 지키고 있었다. 그 뒤 일성(一誠) 이특구(李特求)·서호(西湖) 박승희(朴昇熙) 두 교수가 새로 참여하였고, 지당·일탄·고촌 세 선생이 차례로 유명을 달리한 뒤에는, 해암(海巖) 김동욱(金東旭) 교수와 여등(汝登) 김용태(金龍泰)·후경(厚卿) 이상돈(李相敦) 두 젊은 문우까지 합류하여 현재는 모두 14인이 백탑시사의 구성원이 되어 있다.

내가 이 시단에서 말석을 차지한 후 근체시 작법의 공부를 한 지도 벌써 근 20년이 되었다. 그동안 벽사선생의 자상한 지도와 여러 동인들의 상호 비평 또는 격려 아래 이제는 평측(平仄)의 판별과 압운(押韻)의 규칙은 물론, 명시(名詩) 속에 감추어진 관주구(貫珠句)의 쾌재(快哉)를 통해 시어(詩語)의 선택과 구사에도 많은 묘미가 있음을 어느 정도는 알게 되었다. 비록 두 달에 한 번씩이지만 노소가 한 자리에서 시고(詩稿)를 다루는 가운데서 맛보는 망년(忘年)의 교관(交款)도 나에게는 큰 행복과 보람이었다.

아직은 습작(習作)의 수준을 면하지 못하지만 그동안 백탑시사를 통해 생산된 칠언절구가 근 300수에 다다랐다. 나의 여생을 장식하는 의미 있는 자산이 아닐 수 없다. 이에 그중 136수를 뽑고 관선(觀善)·보인(輔仁)·온지(溫知) 계회 등 몇몇 향중 아회(雅會)의 운자(韻字)에 화답한 칠언율시 19수를 첨가한 다음 개인적으로 챙겨둔 중국 기행시 21수 등을 합하여 편집을 했다. 거기에다 일일이 국문으로 번역하고 작품마다 참고로 각주(脚註)를 곁들이니 분량으로는 한 권의 책을 엮기에 넉넉하였다. 그리고 '늦은 나이에도 아직 남아 있는 서정(抒情)의 모음'이라는 의미를 담아 『만세여정집(晚歲餘情集)』이라 책 이름도 붙였다.

기구하고 가난했던 나의 생애 끝에 얻어진 행운이라 자부하면서도, 다만 익지도 않는 풋과일을 따는 것처럼 빛깔도 맛도 없는 어설픈 습작 노트를 부끄러움도 없이 내민다는 것이 외람될 뿐이다. 더구나 동인 가운데 한두 분을 빼고는 많은 주옥(珠玉)을 다듬어 품고 있으면서도 아직 사화집(詞華集)의 상재(上梓)를 겸양하고 있는 처지가 아닌가? 하릴없이 나이만 먹었지 뒤처진 말석에서 아무 존재도 없는 내가 훌륭한 선진(先進)들의 시야를 가리고 주변을 산란하게 하는 것 같아 참으로 미안하고 쑥스럽다.

그럼에도 불구하고 백탑시사 창립 이래 이 모임을 실질적으로 이

끌어온 지산 송재소 교수가 책의 말미에 훌륭한 글을 써주어, 나의 부끄러움을 조금이라도 덮어준 것을 매우 고맙게 여기며 정중하게 감사를 드린다. 또한 우리 현대문학 사단(詞壇)의 중진 평론가로서, 현재까지 난사(蘭社) 동인으로 그 작력(作歷)이 화려한 향천(向川) 김용직(金容稷) 사백의 온정 어린 도움을 잊을 수가 없다. 일찍이 세 권이나 '한시집'을 낸 경험을 토대로 그 편집 요령은 물론, 권위 있는 출판사에다 나의 어설픈 시집의 간행을 주선해준 은혜가 참으로 크다. 아울러 근자 출판계의 어려운 사정에도 불구하고 품위가 느껴지는 깔끔한 책을 만들어주신 푸른사상사 한봉숙 사장을 비롯한 편집진에게도 머리를 숙여 사의(謝意)를 전한다.

2014년 한 해를 또 보내면서

저자(著者)가 쓰다

차례

一. 郊寓雜吟

一. 교외에 살며 이것저것을 읊다

二. 懷鄉感舊

二. 그리운 고향에 대한 옛 정감

三. 先蹟追思

三. 선조의 자취를 찾아 생각에 잠기다

四. 京鄉遊觀

四. 나라 안 이곳저곳을 찾아 유람하다

五. 海外風情

五. 해외여행에서 풍경과 정취를 읊다

六. 時世寸感

六. 시대와 세상에 대한 짧은 감상

七. 記情哀歡

八. 嘉會和韻

七. 슬픔과 기쁨에 대한 정을 기억하며

八. 좋은 모임에 운자를 따라 화답하다

晚歲餘情集

一. 郊寓雜吟

교외에 살며 이것저것을 읊다

1. 生朝有感

七十難堪老去悲
又逢初度恨天時
人言尙健吾聞喜
餘命幾年知者誰

是年陰曆四月二十八日　吾齡七十一生日

초도(初度) : 생일(生日). 우리나라에서는 환갑(還甲)날을 예스럽게 이르는 말을 초도일(初度日)이라 하였다.
천시(天時) : 하늘이 준 시간. 하늘의 뜻 또는 하늘의 도리를 일컫는다.
여명(餘命) : 남아 있는 목숨. 앞으로 살아갈 나이.

1. 생일 아침에

일흔 나이! 못 견디게
늙어감이 슬펐는데

다시 생일을 맞으니
하늘의 도리가 한스럽다

남들이 건강하다 하니
나는 듣기 기쁘지만

남은 목숨 몇 해인지
아는 사람 누구일까?

이해 음력 4월 28일은 내 나이 71세가 되는 생일이었다.

(第5回 白塔詩社韻. 1999年 8月 5日)

2. 詩會初參

花落殘春杜宇悲
鳴蟬過雨亦佳時
高陽好酒添情趣
金谷詩成見罰誰

시회(詩會) : 백탑시사(白塔詩社)를 말함. 이 시회는 1985년에 발족하였고 처음에는 행시단
   (杏詩壇)이라 하였는데 1998년에 백탑시사(白塔詩社)로 명칭을 바꾸었다. 벽사(碧史) 이
   우성(李佑成) 선생을 좌장으로 하여 2009년에 『백탑창수집(白塔唱酬集)』 제1집을 간행
   한 바 있다.
고양호주(高陽好酒) : 고양의 술맛이 좋다는 뜻. 술을 좋아하는 사람을 흔히 고양주도(高陽
   酒徒)라 일컫는다. 백탑시사의 본거지가 마침 고양시(高陽市)이고 이곳에 맛좋은 술이
   많은 데서 비유를 하였다.
금곡시(金谷詩) : 진(晋)나라 때 석숭(石崇)이 금곡(金谷)의 별장에 빈객을 초대하여 잔치를
   베풀고 시를 짓지 못하는 사람에게는 벌주를 마시게 했다는 고사가 있다. 흔히 벌주
   또는 술잔을 가리킬 때 '금곡의 술잔을 센다(金谷酒數)'라 한 것은 이 때문이다.

2. 시회에 처음 참여하여

꽃이 이우는 늦은 봄
두견새 슬피 우는데

매미 울자 비 지나가니
아름다운 시절이로고

고양 땅에 좋은 술맛
정과 흥취를 더하는데

술잔 세며 시를 지으니
벌 받는 이 누구인가?

(第5回 白塔詩韻. 1999年 8月 5日)

3. 病後尋後山

雨歇溪山捲午煙
聽蟬濯足俯臨川
心襟洒落忘身恙
萬樹繁陰喜霽天

우흘계산(雨歇溪山) : 시내와 산에 비가 오다가 그치다가 하는 광경을 이름.
쇄락(洒落) : 마음에 거리낌이 없이 상쾌한 것을 말한다. 쇄락(灑落) 또는 쇄쇄(洒洒)로도 쓰
　　인다.
신양(身恙) : 몸이 아픈 것. 신병(身病).

3. 병을 앓은 뒤 뒷산에 올라

비 그친 시내와 산은
낮 안개를 말아 올려

매미 소리에 발 씻으려
냇물을 내려다본다

가슴속이 시원해지네
몸의 병도 잊혀지네

우거진 나무 그늘에
갠 하늘이 반갑구나

(2000년 7월 31일)

4. 七夕

晚雲帶雨濕霏烟
悵望雙星烏鵲川
歲歲相逢今夜半
南來北往豈他天

칠석(七夕) : 음력 칠월 칠일 밤. 이날 밤에 견우성(牽牛星)과 직녀성(織女星)이 은하수(銀河
  水)를 건너는 오작교(烏鵲橋)에서 만난다고 하며, 부녀자들은 바늘·실·과실 따위를
  차려놓고 바느질과 길쌈 재주를 비는 풍속이 있다.
오작천(烏鵲川) : 오작교가 놓인 다리 곧 은하수를 이름.
견우직녀(牽牛織女) : 견우성과 직녀성 두 별을 이름. 견우성은 은하수 동쪽 가에 있는 별
  인데, 해마다 칠석날 밤에 은하수를 건너 직녀성과 만난다는 전설이 있다.
남래북왕기타천(南來北往豈他天) : 남북한 이산가족이 서로 오고가지 못하는 한을 하늘의
  다름에 비유한 말.

4. 칠석날에

저녁 구름 비를 띠고
흐릿한 이내도 젖었다

슬프구나! 두 개의 별
오작교의 이쪽저쪽

해마다 오늘 한밤중엔
서로 만나게 되는 것을

남북이 서로 오고가는
하늘은 어찌 다른가?

(2000년 8월 6일)

5. 歲暮寸感

光陰流轉歲功成
白髮門前落日橫
案上居然新冊曆
悵如屈指度餘生

광음유전(光陰流轉) : 세월이 흘러 바뀐다는 뜻. 광음(光陰)의 광(光)은 일(日)이고 음(陰)은
월(月)이므로 곧 일월(日月)을 말한다.
세공(歲功) : 만물의 화육(化育) 또는 한 해 동안의 농사 수확을 이르는 말.
거연(居然) : 사물에 동요되지 않고 마음이 편안한 모양. 평소 그대로의 모습.
도여생(度餘生) : 사람에게 남은 생애를 헤아려보게 된다는 것.

5. 세모의 짧은 감회

해와 달이 바뀌고 흘러
한 해 농사도 성공했네

늙은이 사는 문 앞에
저녁 해가 비꼈는데

책상 위엔 예사로이
새 책력이 놓였구나

슬프다! 손을 꼽아
남은 삶을 헤아린다

6. 雪夜

六出花飛散異香
紅塵粉白掩星光
山河萬里正寥落
銀色乾坤懷故鄉

육출화(六出花) : '여섯 개의 잎이 나온 꽃'이라는 뜻으로 눈(雪)의 모양을 나타낸 눈의 이
    명(異名). 중국 당(唐)나라 시인 송지문(宋之問)의 시에도 "은빛을 띤 나무에 육출의 꽃
    이 피어 오래도록 향기롭다(銀樹長芳六出花)"고 하였다.
요락(寥落) : 매우 적막하다는 것. 혹은 별 따위가 드문드문 보인다는 것.

6. 눈 오는 밤에

육출의 꽃이 나부끼네
색다른 향기 흩어지네

티끌 진 세상 하얗게
별빛도 함께 덮었구려

만 리에 뻗친 산과 강이
참으로 적막하구나

은빛으로 뒤덮인 세상
고향 마을 그리워한다

7. 立春

梅花消息遠聞香
雪裏東風弄瑞光
啼鳥枝頭佳氣動
門楣春帖似居鄉

춘첩(春帖) : 춘첩자(春帖子)라고도 한다. 조선조 때 입춘 날 대궐 안 기둥이나 문설주에 써 붙이던 주련(柱聯)에서 유래된 것으로, 제술관(製述官)에게 명하여 하례(賀禮)하는 시 (詩)를 전국적으로 모아들여 연잎 또는 연꽃의 무늬가 있는 종이에다 곱게 써서 붙이 었다. 후일에는 경사대부(卿士大夫)와 일반 민가 및 상점에서도 모두 춘련(春聯)을 붙 이고 한 해의 복과 운세를 기원하며 송축했는데 이를 춘축(春祝)이라고도 하였다. 여 염집의 기둥이나 문설주에는 수여산(壽如山)과 부여해(富如海) · 입춘대길(立春大吉)과 건양다경(建陽多慶) · 소지황금출(掃地黃金出)과　개문백복래(開門百福來) · 천증세월인 증수(天增歲月人增壽)와 춘만건곤복만가(春滿乾坤福滿家) 등 대구어(對句語)로 된 문구 를 많이 썼다.

7. 입춘에

매화가 핀 소식이 있어
먼 데서 향기를 맡네

눈 속에 봄바람은
상서로운 빛 희롱하고

가지 끝에서 새가 우니
좋은 기운이 발동한다

대문에 춘첩을 붙이면
고향에서 사는 것 같구려

(第14回 白塔詩社韻. 2011年 2月 22일)

8. 夏日

西山蜀魄趁時回
啼血聲聲恨老衰
久旱雨餘梅子熟
閒齋誰有叩門來

두견새(蜀魄) : 두견이(杜鵑) 또는 소쩍새라고도 하는데 우리나라에는 늦봄에 와서 숲 속에
서 살다가 초가을에 남쪽으로 날아간다. 중국 고대 촉(蜀)나라의 망제(望帝)가 죽어서
혼백이 화하여 두견이 되었다는 전설이 있어, 촉백(蜀魄) · 두우(杜宇) · 촉조(蜀鳥) · 망
제(望帝) 등 다른 이름이 있다. 또 그 울음이 피를 토하듯 슬프게 운다 하여 제혈조(啼
血鳥)라고도 한다.

8. 여름날에

서산에서 두견새가
때를 맞춰 돌아왔네

피 토하며 우는 소리
늙고 쇠함을 한하노라

오랜 가뭄에 단비 내려
매실 열매 익어가건만

한가로운 집에 누가
문 두드리고 오겠는가?

(2001년 6월 19일)

9. 溪山納凉

萬樹陰濃山鳥啼
曳筇微徑入幽溪
清風拂袖忘炎熱
搖扇窺空日已西

납량(納凉) : 더위를 피해 시원한 바람을 쐬는 것. 두보(杜甫)의 납량시(納凉詩)에 "대숲이
　　깊어 손이 머무는 곳, 연꽃이 깨끗하여 더위를 피하는 때(竹深留客處 荷淨納凉時)"라
　　는 구절이 있다.
예공미경(曳筇微逕) : 지팡이를 짚고 좁다란 길을 걸어가는 것.
요선(搖扇) : 부채를 흔들며 부친다. 부채질을 한다.

9. 산골짜기에서 더위를 식힘

우거진 나무 짙은 그늘
산새는 지저귀는데

지팡이 끌고 좁은 산길
깊은 계곡에 들어간다

맑은 바람 소매 스치니
무더위를 잊는구려

부채 흔들며 하늘 엿보니
해는 이미 서쪽에 있네

10. 別葛峴舊居

舊宅在漢城西北邊界 通算三十年居住 因爲賣家 壬午年四月 徙于龍仁水枝
晚峴村公寓

喜悲卅載守吾生

布穀臨分盡意鳴

白屋雖貧知自足

千懷萬感眼前橫

갈현구거(葛峴舊居) : 서울시 은평구 갈현동(葛峴洞)의 옛집.
공우(公寓) : 아파트의 중국식 표현.
포곡(布穀) : 뻐꾸기의 다른 이름. 포곡조(布穀鳥).
백옥(白屋) : 흰 띠로 지붕을 덮었다는 뜻에서 천한 사람이 사는 집을 말함.

10. 갈현동 옛집을 떠나며

나의 옛집은 서울특별시의 서북쪽 변두리에 있었다. 통틀어 30년을 거주한 다음에 집이 팔리게 되어 임오년(壬午年) 4월에 경기도 용인시 수지구 만현마을(晚峴村)에 있는 아파트로 이사를 하였다.

기쁨과 슬픔 삼십 년을
나의 생활 지켜준 곳

뻐꾸기도 이별에 다다라
마음을 다해 울어주네

서민의 집이 가난해도
만족함을 알았으니

오만가지의 감회가
내 눈앞에서 아른댄다

11. 坐水枝新寓

遙看天末片雲生
春送子規山近鳴
此地京畿新市巷
層樓一半夕陽橫

수지신우(水枝新寓) : 경기도 용인시 수지구(水枝區)에 새로 지은 아파트
자규(子規) : 소쩍새. 두견이. 뻐꾸기 비슷하며 늦봄에 와서 숲 속에서 단독으로 살다가 초
　　가을에 남쪽으로 날아간다. 딴 새집에 한 개의 알을 낳아 기른다.
층루(層樓) : 여러 층으로 이루어진 건물 곧 고층 아파트를 이른다.

11. 수지의 새 아파트에 앉아

멀리 하늘가를 보니
조각구름 떠다니고

소쩍새 봄을 보내며
구슬프게 우는구나

이곳은 경기도 지역
새로 조성한 시가지라

고층 아파트 한가운데
저녁 햇빛 비껴 있네

(第21回 白塔詩社韻. 2002年 5月 2日)

12. 長兒熙秀率眷赴美洲始以書來

挈眷離家萬里遊
異邦眠食可堪愁
忽然鴻雁傳安信
感得衷情涕自流

설권이가(挈眷離家) : 가족을 거느리고 집을 떠나 객지 생활을 했다는 것. 큰아이는 그 무렵 한양대학교 문화인류학과 교수로서 안식년(安息年)을 얻어, 2003년 한 해 동안 그곳 워싱턴대학교에서 연구 활동을 하기 위해 내외가 두 자녀를 데리고 시애틀 외곽 엘리엇 만(灣)에 면한 주택지에 집을 얻어 우거(寓居)하였다.

홍안전안신(鴻雁傳安信) : 기러기 편에 편지를 전한다는 뜻. 중국 한(漢)나라 때 소무(蘇武)가 흉노(匈奴) 땅에 억류되어 있으면서, 비단에 쓴 편지를 기러기 발에 묶어 무제(武帝)에게 보낸 고사로 인해 생긴 안백(雁帛)이라는 말에서 유래되었다.

12. 큰아이희수가 식구를 거느리고 미국에 갔는데 처음으로 편지가 오다

식솔과 함께 집을 떠나
만 리 밖에 놓았음에

이국에서의 고된 생활
많은 시름 견뎠구나

홀연히 기러기 편에
전해준 평안의 소식

속 깊은 정을 느끼네
눈물이 절로 흐른다네

13. 李兒熙玉自美洲西雅圖率眷歸國

客裏風塵了外遊
同還眷率始消愁
兒孫繞膝團欒笑
再會歡情喜涕流

솔권귀국(率眷歸國) : 가족을 거느리고 고국에 돌아온 것. 2002년에 셋째아이 희옥(熙玉)은
한신대학교 중국학과 교수로 있으면서 미국 서부에 있는 워싱턴대학교의 초청을 받
아, 1년간 제 아내와 어린 남매를 거느리고 미국 생활을 하다가 귀국했다. 지금은 성
균관대학교 정치외교학과 교수로 옮겨 중국대학원장을 겸하고 있다.
객리풍진(客裏風塵) : 객지 생활에서 겪는 어려움.
아손요슬(兒孫繞膝) : 아들과 손자가 무릎을 둘러싸고 오순도순 사이좋게 지낸다는 뜻.

13. 끝의 아이희옥가 미국 시애틀에서
식구를 거느리고 귀국하다

어려웠던 객지 생활
해외유학 마치고서

식솔과 함께 돌아오니
비로소 걱정 사라졌네

자손들이 무릎 맞대고
단란하게 웃음 지을 제

재회의 즐거운 정이
기쁜 눈물 흘리게 한다

(第26回 白塔詩社韻. 2003年 2月 27日)

14. 仲兒熙在新購工場移徒日喜感 二絶

(一)

新購修粧是廠房

吾兒起業遂初堂

歷年刻苦收功效

乃父同欣暗詡揚

신구수장(新購修粧) : 새로 구입하여 수리하고 치장했다는 뜻. 둘째아이 희재(熙在)가 경영
하는 '주식회사 우성아이비'에서 2000년 11월에 창업한 지 10년 만에 자가 공장을 새
로 구입하여 중수한 뒤에 이사한 것을 두고 이름.
창방(廠房) : 공작창(工作廠)을 달리 이르는 말로 공장(工場)을 뜻한다.
수초(遂初) : 처음에 먹은 뜻을 이루었다는 것.
공효(功效) : 공을 들인 보람 또는 업적(業績).
내부(乃父) : 아버지가 아들에 대하여 이르는 자칭(自稱).
동흔(同欣) : 함께 기뻐하는 것.
후양(詡揚) : 자랑하며 추켜세우는 것.

14. 둘째아이희재가 새로 공장을 사서
   이사하는 날 기쁜 정감으로 2수

(1)

새로 사들여 고치고 꾸민
이 아담한 공장은

우리 아이 사업 일으켜
처음 뜻을 이룩한 집

몇 해 동안 고초를 겪어
공 든 보람 거두었으니

못난 애비 함께 기뻐하며
가만히 자랑하고 칭찬한다

(二)

從此經營得順調

多煩世事易迷搖

恒心接物期恒産

寬裕家聲我聞要

항심항산(恒心恒産) : 『맹자(孟子)』에 "일정한 재산이 없으면 일정한 마음을 지닐 수 없다
(無恒産而無恒心)"라는 말이 있다.
관유가성(寬裕家聲) : 너그럽고 풍족한 가문의 명성(名聲).

⑵

이제부터 회사의 경영
순리와 조화 얻었지만

번거로움 많은 세상일!
쉽게 미혹되고 흔들릴라?

항심으로 사물을 대하면
항산도 기약하리니

넉넉하다는 가문의 명성
내게 들려주기 바라노라

(2000년 11월)

15. 示子三昆季

至今汝輩各成家
餘蔭春枝始發芽
協奏壎篪相勉進
必然結實滿庭花

歲庚辰亞歲日 七十二歲老父 題

시자(示子) : 자식들에게 보인다는 뜻. 여기서는 앞의 시(詩)에서 둘째아이의 공장 이사를
　　기뻐한 정감을 살려 아들 삼형제에게 함께 보인다는 의미이다.
성가(成家) : 결혼을 해서 한 가정을 이룬다는 것.
여음(餘蔭) : 조상이 끼쳐주신 음덕(蔭德) 곧 부조(父祖)의 공덕이나 조상이 자손들을 위해
　　드리워준 나무 그늘 같은 푸근한 은혜.
훈지(壎篪) : 고대 악기의 이름으로 '훈(壎)'은 흙으로 만든 질나팔이고 '지(篪)'는 대나무로
　　만든 피리이다. 형은 훈을 불고 아우는 지를 불어 서로 조화되는 음률(音律)을 이룬다
　　는 뜻에서 형제가 화합함을 비유하여 훈지상합(壎篪相合)이라 한다. 『시경(詩經)』에
　　'백시취훈(伯氏吹壎) 중씨취지(仲氏吹篪)'라는 구절이 있다.

15. 아이들 삼형제에게 보이다

오늘에 와서 너희들은
각각 가정을 이루었으니

은혜 드리운 나뭇가지
비로소 새싹들이 돋았다

질나팔과 피리를 불고
서로 권면하여 나아가면

반드시 열매 맺은 꽃이
뜨락 안에 가득하리라

경진년(庚辰, 2000年) 동짓날에
칠십이 세 늙은 애비가 지음

16. 喜女兒敏熙內外新宅移徙

　　壻郞唐君星增夫婦 自新寺洞舊家 移住于泰陵新居 時女兒 請於余掛壁雅言
一節 玆以代七言絶一首 兼拙筆親寫與之

壯也勤功雅第成

居安樂處吉祥盈

往時刻苦今勞效

老父胸中亦快晴

　　　　　　　　歲甲戌上月初吉 親庭老父 石農散人 題與書

괘벽아언(掛壁雅言) : 집 벽면에 걸어둘 아름다운 말이라는 뜻.

아제(雅第) : 아름다운 집. 잘 꾸며진 저택(邸宅)이라는 뜻.

거안(居安) : 편안한 마음으로 사는 것. 편안한 집. 『서경(書經)』에 이르기를 "편안한 처지
　　에서는 위태함을 생각하고, 위태함을 생각하면 대비가 있어야 하며, 대비가 있으면 걱
　　정할 일이 없다(居安思危 思則有備 有備無患)"라고 하였다.

길상(吉祥) : 운수가 좋고 상서롭다는 뜻. 혹은 경사가 날 조짐.

노효(勞效) : 수고한 끝에 얻어진 보람. 노력으로 가져온 효과.

16. 딸아이민희 내외가 새집으로 이사함을 기뻐하다

    사위인 당군 성증 부부가 신사동 옛집에서 태릉 새집으로 이사를 했다. 이때 딸아이가 나에게 벽에 걸어둘 좋은 말 한마디를 청하였다. 이에 칠언절구 한 수로서 대신하고 겸해서 서투른 글씨로 직접 써서 주었다.

장하도다! 부지런한 공덕
아름다운 집을 이룩했네

편안한 거처 즐거운 곳엔
좋은 징조가 가득하리라

지나간 시절에 새긴 고초
오늘은 노력의 보람이로고

늙은 애비 가슴속에서도
또한 상쾌하게 날이 갰네

갑술년(甲戌, 1994年) 10월 초순에
친정의 늙은 아비 석농산인이 짓고 쓰다

17. 二孫康兆康植成年授字

祖翁餘命幾春秋
汝輩成冠慶日周
見吉公材爲表德
修名此外更何求

조옹(祖翁) : 할아버지. 나이 많은 할아버지라는 뜻.

성관(成冠) : 성인(成人)이 되어 관례(冠禮)를 행하는 것. 혹은 성인이 된다는 뜻.

현길(見吉) : 나의 장방(長房)의 주손(冑孫)인 강조(康兆)에게 지어준 관명(冠名). 그 이름자에
　　　서 뜻을 취하였다.

공재(公材) : 나의 중방(仲房)의 맏손자 강식(康植)에게 지어준 관명. 역시 그 이름자에서 뜻
　　　을 취하였다.

표덕(表德) : 한 사람의 성인으로서 평생 동안 표상을 삼고자 하는 덕목(德目). 관명 또는
　　　자(字)를 가리킨다.

수명(修名) : 훌륭한 이름 또는 세상에 떨칠 명성. 부모가 지어준 소중한 이름을 수양을 통
　　　해 오래도록 지킨다는 뜻이기도 하다.

17. 두 손자강조·강석의 성년에 자를 지어주다

할아버지 남은 수명에
몇 번의 봄과 가을이겠나?

너희들이 어른이 되는
좋은 날이 돌아왔구나

현길見吉과 공재公材로서
성인의 자를 삼으리니

훌륭한 명성! 이것밖에
다시 무엇을 구하겠는가?

(2008년 1월)

18. 雨後山行卽事

霖餘山色倍加靑
谷鳥關關塵外情
緩步松陰無限好
洞天斜日草華明

즉사(卽事) : 즉석에서 시가(詩歌)를 짓는 것. 그 자리에서 일어난 일을 읊음.
관관(關關) : 암수 두 마리의 새가 화합하여 지저귀는 소리. 『시경(詩經)』 첫머리에 "정답게
　　우는 한 쌍의 새, 황하(黃河) 섬 가에 있네(關關雎鳩 在河之洲)"라는 구절이 있다.
동천(洞天) : 산에 싸이고 내에 둘린 경치 좋은 곳. 또는 하늘이 빠끔히 열려 있는 깊은 골
　　짜기를 가리킴.

18. 비가 그친 뒤 산행을 하며

장마 끝에 산빛은
더욱더 새파랗고

골짜기의 새소리는
세상 밖 정다움이라

솔 그늘 천천히 걸으면
한없이 좋은 기분인데

깊은 계곡에 해가 기우니
풀꽃도 환하게 피었네

(第28回 白塔詩社韻. 2003年 6月 26日)

19. 見雪寫懷

飛雪紛紛撲遠山
捲簾悵望暮雲間
春來樹木添銀色
畢竟休祥至北關

사회(寫懷) : 회포를 그린다는 뜻.
분분(紛紛) : 눈발이 바람에 휘날리는 모양.
권렴(捲簾) : 주렴을 걷어 올리는 것.
북관(北關) : 북방의 관문(關門). 여기서는 북쪽 휴전선 경계 초소 너머 북한 땅에도 상서로
　　　운 기운이 닿아 평화통일이 이루어졌으면 하는 염원을 담았다.

19. 눈 내리는 것을 보고

펄펄 날리는 눈이
먼 산을 때리는데

주렴을 걷은 구름 사이
슬픈 마음으로 바라본다

봄을 맞은 나무에는
은빛이 더해졌으니

필경 좋은 징조가
북녘 땅에도 이르리라

20. 春日病席志感

細雨東風杏子黃
鳥啼深院白花香
閒情只恐春光晚
却恨衰軀臥病長

행자(杏子) : 살구의 열매를 일컫는 말로 행인(杏仁)이라 할 때는 살구씨의 알맹이를 말한
　　다. 은행(銀杏)을 가리키기도 하는데 행자목(杏子木)은 은행나무의 목재를 말한다.
심원(深院) : 일반적으로 절간의 깊숙한 후원을 가리킨다. 깊은 집.
쇠구(衰軀) : 쇠약한 몸. 곧 늙은이를 가리키는 말.

20. 봄날 병석에서 감회를 적다

가랑비와 봄바람에
살구 열매가 노란데

새가 우는 깊은 후원
백 가지 꽃이 향기롭네

한가한 정취는 다만
늦은 봄빛이 두렵거늘

도리어 쇠약한 몸이라
진 병석이 한스럽구나

21. 登高 十月 三日

江山風物浩難收
天宇晶明八月秋
禾黍滿郊年大有
洞開胸臆滌吾愁

등고(登高) : 높은 곳에 오른다는 뜻. 옛날 중국에서는 음력 9월 9일 중양절(重陽節)에 높은
　　곳에 올라 머리에 수유(茱萸)꽃을 꽂고 국화주를 마시며 재액(災厄)을 쫓는 풍습이 있
　　었다.
천우정명(天宇晶明) : 하늘이 맑고 높다는 것.
화서(禾黍) : 벼와 기장. 일반적으로 오곡(五穀)의 농작물을 이름.
대유(大有) : 『주역(周易)』 64괘(卦)의 하나인 대유괘(大有卦)에서 온 말로 크게 풍년이 된
　　해를 대유년(大有年)이라고 한다.
통개(洞開) : 활짝 연다는 것. 개방(開放).

21. 높은 곳에 올라 10월 3일

강산 풍경 호탕하여
거두기가 어렵구나

높은 하늘 맑고 밝아
팔월이라 가을인데

오곡이 가득한 들판
금년에도 풍년이니

가슴이 활짝 열리어
나의 근심 씻겨진다

(第35回 白塔詩社韻 2004年 10月 28日)

22. 臘月梅

飽喫風霜臘月梅
暖冬牆下欲花開
暗香傳播家園淨
新歲應當瑞運來

납월매(臘月梅) : 음력 섣달에 피는 매화. 납매(臘梅)라고도 함. 매년 동지(冬至)를 지낸 뒤
　　30일을 전후하여 1년간의 농사와 복록을 신(神)에게 빌었는데 이를 납향(臘享)이라 한
　　다. 때문에 섣달을 납월(臘月)이라 한다.
포끽풍상(飽喫風霜) : 싫증이 나도록 많은 풍상을 겪었다는 말.
서운(瑞運) : 상서로운 운수.

22. 섣달의 매화

바람과 서리 실컷 먹은
동지섣달 매화꽃이

따뜻한 겨울 담 밖에서
꽃망울을 피우려 하네

가만히 향기 퍼뜨리면
집과 정원 맑아지리니

새해에는 당연하게
좋은 기운 도래하리라

(第36回 白塔詩社韻. 2004年 12月 30日)

23. 乙酉元日

　　皚白東方旭日紅
　　元春瑞氣滿晴空
　　今年更禱身康健
　　一酌屠蘇迎暖風

을유원일(乙酉元日) : 을유년(乙酉, 2005)의 첫날. 원일(元日)은 설날 또는 원단(元旦)이라고
　도 한다.
도소주(屠蘇酒) : 설날에 먹으면 한 해 동안 사악한 기운을 물리친다는 술. 도소(屠蘇)는 약
　의 이름인데 육계(肉桂)·산초(山椒)·백출(白朮)·길경(桔梗)·방풍(防風)을 합쳐서 만
　든 것으로 정월 초하루에 이 약을 술에 타서 먹으면 병을 쫓는다 하여 나이 적은 사
　람부터 먹는 관습이 있었다.

23. 을유년 새 아침에

동쪽 하늘 이미 밝아
아침 해가 붉은데

첫봄 상서로운 기운
맑은 하늘에 가득하다

금년에도 다시 비노니
한 몸 건강하게 하소서

병 쫓는 약술 한 잔에
따뜻한 바람 맞이하네

(第37回 白塔詩社韻. 2005年 2月 17日)

24. 後山登頂望日暮 六月 二十一日

日落西岡返照紅
歸巢衆鳥宿林中
老身縱有郊居樂
杳望鄕山悲晚風

귀소증조(歸巢衆鳥) : 해질녘에 둥지를 찾아 돌아오는 온갖 새.
교거락(郊居樂) : 전원에 집을 짓고 자연과 더불어 세상일을 멀리하며 사는 즐거움.
묘망향산(杳望鄕山) : 고향의 산천을 아득하게 바라본다는 뜻.

24. 뒷산 정상에 올라 해 지는 것을 바라보다
6월 21일

서쪽 언덕에 해 떨어져
되비치는 석양 붉은데

둥지 찾은 뭇 새들은
수풀 속에서 잠을 잔다

늙은 몸은 비록 전원에
사는 즐거움이 있지만

멀리 고향산천 바라보니
저녁 바람이 슬프구나

(第39回 白塔詩社韻. 2005年 6月 30日)

25. 迎春

節序無違靑帝迎
東風料峭草芽生
老翁尙有探春癖
幾度從心遠近行

청제(靑帝) : 동방(東方) 또는 봄을 맡은 신(神)으로 봄을 가리킨다. 남방(南方) 또는 여름의
　　신을 적제(赤帝), 중앙(中央)을 다스리는 신을 황제(黃帝), 서방(西方) 또는 가을을 맡은
　　신을 백제(白帝), 북방(北方) 또는 겨울을 맡은 신을 흑제(黑帝)라 하여 이를 오제(五帝)
　　혹은 오신(五神)이라고 한다.
요초(料峭) : 봄바람이 부드럽게 살갗에 닿아도 아직 매섭다는 형용. 요(料)는 부드럽게 닿
　　는다는 뜻이고 초(峭)는 매섭다는 뜻이다. 소식(蘇軾)의 시에 "점점 봄바람의 차가움을
　　깨닫지만, 푸른 쑥과 누른 염교를 봄 밥상에 올린다(漸覺東風料峭寒 靑蒿黃薤試春盤)"
　　라는 시구가 있다.

25. 봄을 맞이하다

계절은 어김이 없어
봄의 신을 맞이하니

샛바람 아직 차갑지만
풀싹은 돋아난다

늙은이는 아직도
봄을 찾는 버릇 있어

몇 차례 마음 따라
멀리 가까이 행차하네

26. 己丑生朝 七月 五日

己丑淸和生日回
吾年望九老而衰
兒孫獻壽無疆祝
未久終生萬感來

기축청화(己丑淸和) : 기축(己丑)은 서기 2009년의 간지(干支). 청화(淸和)는 음력 4월을 달리
　　말한 것. 곧 필자의 생일이 음력 4월 28일인 데서 나온 말.
망구(望九) : 구순(九旬) 곧 90세를 바라보는 나이라 하여 81세를 일컫는다.
헌수(獻壽) : 나이 많은 부모 등 직계 존장(尊長)의 경축일에 장수를 축원하는 술잔을 드리
　　는 것.

26. 기축년 생일 아침에 7월 5일

기축년 음력 사월이라
태어난 날 돌아왔는데

구십을 바라보는 내 나이
늙고도 쇠약해졌네

자손들 헌수의 잔 올려
끝없이 축원을 하지만

오래지 않아 마칠 인생
온갖 정감만 밀려온다

27. 立秋

無違節序立秋回
朝夕微凉暑氣衰
雨後蟬聲穿樹遠
老炎銷散晩風來

입추(立秋) : 24절기의 하나. 대서(大暑)의 다음 절기. 음력 8월 8일경.
무위절서(無違節序) : 절서의 차례가 어김없이 찾아온다는 것.
천수원(穿樹遠) 수목을 뚫고 멀리 달아나는 것을 형용한 말.
노염쇄산(老炎銷散) : 늦더위가 흩어져 사라진다는 것.

27. 입추에

계절 차례 어김이 없어
입추가 돌아왔구려

아침저녁 서늘하고
더운 기운 쇠했더라

비 온 뒤에 매미 소리
수목을 뚫고 멀리 가니

늦더위 흩어져 사라지며
저녁 바람이 불어온다

(第63回 白塔詩社韻. 2009年 8月 28日)

28. 池蓮

七月芙蓉喚美人

滿塘靑葉藕莖新

淸香淨植同君子

茂叔嘉言通我神

　　周茂叔之愛蓮說中　有中通外直　不蔓不枝　香遠益淸　亭亭淨植
予謂蓮花之君子者也之句　故引之

부용(芙蓉) : 연(蓮)의 다른 이름. 그 꽃을 부용화(芙蓉花)라 하고 하화(荷花) 또는 우화(藕花)
　　라고도 부른다.

우경(藕莖) : 연꽃의 줄기.

무숙(茂叔) : 염계(濂溪) 주돈이(周敦頤 1017~1073)의 자. 흔히 주무숙(周茂叔)이라 한다. 중
　　국 북송(北宋) 때 큰 유학자로 그의 학설 가운데 '태극도설(太極圖說)'은 주자(朱子)에
　　게 큰 영향을 주었으며 정이천(程伊川), 정명도(程明道) 형제의 스승이기도 하다. 그의
　　유명한 작품 「애련설(愛蓮說)」은 연꽃의 이모저모를 들어 도덕과 수양이 높은 '군자
　　(君子)의 덕(德)'에 비유하여 후학들을 가르친 것으로, 그만큼 연꽃을 매우 사랑하였다.

28. 못의 연꽃

칠월에 핀 연꽃이
반가운 사람 부른다

못에 가득한 푸른 잎
연꽃 줄기도 새롭구나

맑은 향기 깨끗한 자태
군자와도 비교가 되네

주무숙의 아름다운 말
내 마음과 통하는구려

    주무숙(周茂叔)의 「애련설(愛蓮說)」 가운데 "속은 통해 있고
밝은 쪽 곧아 넝쿨이 지지도 않고 곁가지가 없으며, 향기는
멀수록 더욱 맑아 우뚝하고 깨끗한 모습으로 서 있다"고 하였
다. 나는 연꽃을 군자의 꽃이라고 말한 구절 때문에 이를 인
용하였다.

29. 處暑生凉

孤燈耿耿讀書人
一陣淸風夜氣新
階下蛩聲幽興逸
病餘頓覺爽精神

처서(處暑) : 24절기의 하나로 입추(立秋)와 백로(白露) 사이 양력 8월 23일경에 든다. 처서
　　가 되면 서늘한 바람이 일기 시작하고 이날 비가 오면 흉년이 든다는 속설도 있다.
경경(耿耿) : 『시경(詩經)』에 '경경불매 여유은우(耿耿不寐如有隱憂)'에서 온 말로 가만히 불
　　안한 것 같은 마음이 있어 잠이 잘 오지 않는다는 것.
공성(蛩聲) : 귀뚜라미 우는 소리.
유흥일(幽興逸) : 고요하고 그윽한 흥취를 자아낸다는 뜻.

29. 처서에 서늘한 바람이 일어

외론 등불에 뒤채이며
잠 못 들고 책 읽는 사람

한바탕 시원한 바람에
밤기운이 새로워진다

댓돌 아래 귀뚜리 울음
그윽한 흥취 달아나고

병을 앓은 끝이라 문득
상쾌한 정신을 일깨우네

(第69回 白塔詩社韻. 2010年 8月 26日)

30. 舊正志感

遲遲除夜待天明
麗日初昇照我庭
雪裏寒風花未發
古園松柏獨靑靑

지감(志感) : 느낌을 적다. 감상을 기록하다.
지지제야(遲遲除夜) : 더디고 더디게 오는 섣달 그믐날 밤. 이날 자정(子正)까지 잠을 자지
  않고 한 해를 뜬눈으로 보내는 풍습을 수세(守歲)라고 하였다. 잠은 오는데 수세를 해
  야 하는 절차 때문에 지루한 시간을 기다리는 정감.
여일(麗日) : 화창하고 고운 날. 여기서는 설날 첫 아침의 아름다운 날.

30. 음력 설에 느낌을 적다

더디고 더딘 그믐날 밤
하늘 밝기를 기다린다

고운 해가 막 올라와
우리 가정을 비춰주네

눈 속에 차가운 바람
꽃은 피지 않았지만

옛 동산에 솔과 잣나무
유독 푸르고 푸르구나

31. 辛卯立春

新年四海氣淸明
好是休祥萬戶庭
揮筆立春門上貼
和風解凍柳梢靑

사해(四海) : 사방의 바다 안이라는 뜻으로 온 세상을 일컬음. 천하(天下)·사우(四宇)·사
　　명(四溟)도 같은 뜻임
휴상(休祥) : 행운(幸運)을 얻어 기뻐하는 것. 길상(吉祥)과 같은 뜻임.
입춘첩(立春貼) : 입춘은 24절기의 하나로 대한(大寒) 다음 절기인데 양력 2월 4일경에 든
　　다. 입춘첩은 앞 시(詩) 「입춘(立春)」(50쪽)의 각주 참조
유초청(柳梢靑) : 이른 봄에 버드나무 가지 끝에 움이 터서 푸르게 보이는 것.

31. 신묘년 입춘 날에

새해에는 온 세상의
기운이 맑고도 밝아

좋구나! 기쁨과 행운이
많은 가정에 넘치기를

입춘의 글, 붓으로 써서
문설주 위에 붙이니

봄바람에 얼음이 풀려
버들 끝이 푸르구나

(第72回 白塔詩社韻. 2011年 2月 24日)

32. 歲首對鏡偶吟

試把吾顏照鏡中
愴然更覺一衰翁
從今老物無餘事
唯有消閒舊友逢

壬辰舊正之旦

세수대경(歲首對境) : 한 해의 첫 아침에 거울을 들여다보는 것.
시파(試把) : 시험 삼아 무슨 물건을 잡아보는 것.
창연(愴然) : 슬퍼서 상심(傷心)하는 모양.
노물(老物) : 노인이 자기를 일컫는 겸칭(謙稱). 늙다리.
소한(消閒) : 한가함을 삭이는 것. 무료(無聊)함을 달램.

32. 한 해 첫머리에 거울을 보고 우연히 읊다

시험 삼아 잡은 거울
그 속에 비친 나의 얼굴

슬픈 마음 다시 깨달았네
한 사람 쇠약한 첨지임을

지금부터는 노물이라
달리 할 일도 없으니

오직 옛 친구나 만나
무료함을 삭일 뿐!

임진년 구정(舊正) 아침에

33. 秋郊逍遙

天高氣朗好風情
緩步溪邊聽水聲
紅樹白雲秋色晚
郊頭一望喜西成

천고기랑(天高氣朗) : 하늘이 높아 기운이 명랑하다는 것. 가을이 되어 자연이 맑고 기분이
　상쾌하다는 뜻.
완보(緩步) : 느릿느릿하게 걷는 것. 산책(散策).
교두(郊頭) : 들판의 들머리.
서성(西成) : 가을에 오곡백과(五穀百果)가 익는 일. 오행설(五行說)에서 가을은 서쪽에 해당
　하므로 이른다.

33. 가을 들판을 소요하다

하늘 높고 기운도 맑아
가을 풍취가 좋거늘

느린 걸음 시냇가에서
물 흐르는 소리 듣는다

단풍나무 흰 구름에
가을빛 저물어가는데

들머리를 바라보니
오곡백과 풍성하구나

34. 歲寒卽事

寒威憀慄已嚴冬
我亦忘機歲末逢
短日寒光南至近
亂飛初雪掩靑松

한위요율(寒威憀慄) : 겨울의 매서운 추위를 오싹하게 두려워함. 추위를 두려워하여 떨고
   있는 모양.
망기(忘機) : 세상의 욕심을 잊어버림. 기(機)는 마음의 기틀을 의미함.
남지(南至) : 동지(冬至)의 다른 말.

34. 추위에 생각나는 대로

벌벌 떠는 매서운 추위
이미 한겨울인데

나 또한 속념을 잊고
한 해 끝을 맞았도다

짧은 해 차가운 날씨
동짓날은 가까워지고

어지러이 나는 첫눈이
푸른 소나무를 덮었네

(第83回 白塔詩社韻. 2012年 12月 27日)

35. 早春有感

輕寒雪裏早梅香
霽後山河麗日光
啼鳥林中花信報
歸來靑帝至南鄕

여일광(麗日光) : 날씨가 화창하고 고운 봄날의 풍광이라는 뜻.
청제(靑帝) : 앞 시 「영춘(迎春)」(88쪽)의 각주 참조.

35. 이른 봄에 정감이 있어

가벼운 추위 눈 속에서
일찍 핀 매화 향기롭다

갠 뒤에 산과 강에는
햇빛이 아름다워라

수풀 속에선 새가 울며
꽃소식을 알려주네

돌아오는 봄의 신이
남쪽 고향에 왔음을

(第84回 白塔詩社韻. 2013年 2月 28日)

36. 郊外雪景

霜風寒慄屬嚴冬
雪裏靑靑竹與松
萬木銀花塵外境
祇林何處響疏鐘

한율(寒慄) : 추위에 몸이 오돌오돌 떨리는 것.
은화(銀花) : 눈이 은빛으로 하얗게 내린 모양. 눈이 하얗게 내린 세상을 은세계(銀世界)라
   한다.
기림(祇林) : 옛날 인도(印度)에 부처님의 설법도량(說法道場)을 일컬어 기원정사(祇園精舍)
   라 했는데, 기림(祇林)은 '기원정사의 숲'이라는 뜻으로 절(寺刹)을 가리킨다.
소종(疏鐘) : 한참 만에 금뜨게 울리는 종소리.

36. 들 밖에 눈 경치

서릿바람 추위에 떠니
한겨울에 들었구나

눈 속에서 푸르고 푸른
대나무와 소나무라

온갖 수목 은색 꽃으로
속세 바깥 경지로다

어느 곳에 절이 있길래
성긴 종소리가 울리는가?

(第89回 白塔詩社韻. 2013年 12月 26日)

37. 春日郊外卽事

日長風暖散梅花
雨後平原綠草多
鳥囀林中村舍靜
簷前燕子未歸何

교외(郊外) : 도회지에 인접한 들판. 전원(田園) 혹은 교경(郊坰)이라고도 함. 중국 고대 주
　　(周)나라의 제도에는 서울 도성(都城) 밖 50리의 땅을 근교(近郊)라 하였고 100리의 땅
　　을 원교(遠郊)라 하였다.
일장풍난(日長風暖) : 겨우내 짧았던 해가 점차 길어지고 따뜻한 바람이 불어오는 봄날의
　　기운을 나타낸 말.
연자(燕子) : 제비를 아름답게 부르는 말.

37. 봄날 서울 근교에서

해가 길고 따뜻한 바람
매화꽃이 흩날리니

비 온 뒤 넓은 들엔
초록 풀도 많아졌네

수풀 속 지저귀는 새
마을 집은 고요한데

처마 밑으로 제비는
왜 아직 안 돌아올꼬?

二. 懷鄉感舊

그리운 고향에 대한 옛 정감

1. 南行車中

徙倚車窓旭日紅
南州一路宿懷中
黃禾萬頃秋雲散
草木凋落十月風

남행차(南行車) : 필자는 매년 늦은 가을에 성소(省掃)를 위해 기차를 타고 남쪽 고향 밀양
　　으로 내려간다.
욱일(旭日) : 아침 해.
황화(黃禾) : 가을 들판에 누렇게 익은 벼이삭.
만경(萬頃) : 지면이나 수면이 매우 넓음을 이름. 경(頃)은 면적의 단위로 밭 백 무(百畝) 곧
　　약 오천 평(坪)에 해당한다. 여기서는 한없이 넓은 들판을 형용한 말이다.

1. 남행열차 안에서

비스듬히 기댄 차창에
아침 해가 붉은데

남쪽 고을 향한 한길
옛 생각이 간절하네

누른 벼 넓은 들판에
가을 구름 흩어지고

초목을 시들게 하는
시월의 바람이 분다

(第6回 白塔詩社韻. 1999年 10月 26日)

2. 訪故里丹邱精舍不遇主人

精舍 卽吾高祖農隱府君古宅也

牆瓦鮮苔似綠花
內庭深鎖夕陽斜
敲門寂寥無人影
愴念丹丘我祖家

단구정사(丹丘精舍) : 밀양시 단장면 단장리(丹場里)에 있는데 필자의 고조부이신 농은공(農
隱公) 휘 종곤(鍾崑, 1826~1890)의 고택 사랑채의 당호이다. 단구(丹丘)는 조양(朝陽)·
단정(丹亭)과 함께 단장리의 다른 이름이지만, 신선이 산다는 가상적인 곳을 뜻하기도
한다.
농은부군(農隱府君) : 부군(府君)은 바깥 조상이 돌아가신 뒤에 그 자손이 부르는 존칭으로
여기서는 농은공을 지칭한다. 공은 일찍이 향리에 단구이숙(丹丘里塾)과 조양서당(朝
陽書堂)을 세워 후진을 교육하는 한편, 이창(里倉)을 창설하여 빈민 구제를 많이 했다.
저서로『농은유고(農隱遺稿)』1책이 간행되었다.

2. 옛 마을로 단구정사를 찾았으나 주인을 만나지 못함

정사는 곧 나의 고조부 농은부군의 고택이다

담장 기와 선명한 이끼
푸른 꽃과 닮았는데

깊이 잠긴 안뜰에는
저녁 해가 비껴 있네

대문을 두드려봐도
적막하게 사람이 없어

슬프구나! 단구마을
우리 할아버지의 집이

(第7回 白塔詩社韻. 1999年 12月 30日)

3. 早朝凝川江邊散策偶吟 三絶

● 松間細路

凝水堤邊曉氣淸
松間細路曳筇輕
三三五五徜徉客
面識雖無皆有情

응천강(凝川江) : 밀양읍성의 중심부를 을자(乙字) 모양으로 휘돌아 지금의 삼문동(三門洞)
을 감싸고 있는 강 이름. 물이 엉겨 휘돌아 나간다는 형국을 취해 생긴 지명으로 밀
양의 고호이기도 하다. 밀양강(密陽江)·남천강(南川江)·을자강(乙字江)이라고도 하는
데 응수(凝水)도 그중의 하나이다. 십 리에 이르는 강변을 빙 둘러 그 둔치에는 산책
로를 조성하였고 야외 무대와 음악당, 각종 체육 시설 등을 구비하여 시민들의 휴양
장소로 삼고 있다. 또한 강변의 동쪽에는 수백 년 된 아름드리 송림(松林)과 암각화(岩
刻畵) 공원도 있다.

3. 이른 아침 응천강변에서 산책을 하다가 우연히 읊다 3수

● 솔밭 사이 좁은 길에서

응천강 제방 가에
새벽 기운이 맑은데

소나무 숲 좁은 길엔
가볍게 끄는 지팡이 소리

여기저기 몇 사람씩
산책하는 사람들은

비록 안면은 없지만
모두가 정다운 얼굴일세

● 舊朋邂逅

草芽洲畔惠風淸
少長咸群春服輕
律動歌絃消百慮
舊朋邂逅益多情

구붕해후(舊朋邂逅) : 옛 벗을 우연히 만난 것. 이날 아침 산책 중에 강변에서 뜻밖에 절친한 향우(鄕友) 야둔(野屯) 이강백(李康栢)과 문재(文哉) 신주철(申周澈) 두 형을 우연히 만난 것을 두고 한 말.
율동가현(律動歌絃) : 음악에 맞추어 춤을 추고 노래를 한다는 것. 여기서는 강변에 아침 산책을 하는 시민들을 위해 율동(律動)과 체조(體操)의 장소를 설치한 것을 두고 이른 말이다.

• 옛 친구를 우연히 만나다

풀싹 돋은 섬 언저리
봄바람이 시원한데

노소가 모두 나와
입은 봄옷 가볍구나

율동과 음악 소리에
온갖 근심 사라지고

옛 벗을 우연히 만나니
더욱 다정하구려

● 旭日江城

旭日江城物色清
高樓畵棟彩霞輕
娘祠翠竹含悲話
舞寺寒鍾攪舊情

고루화동(高樓畵棟) : 높은 누각으로 된 아름다운 집이란 뜻으로 여기서는 단청(丹靑)이 화
　　려한 영남루(嶺南樓)를 가리킨 것.
낭사(娘祠) : 영남루 아래 대밭 속에 있는 아랑사(阿娘祠)를 줄인 말.
무사(舞寺) : 영남루 동쪽 아동산(衙東山) 속에 있는 무봉사(舞鳳寺)를 가리킨다.

● 강변 옛 성터에 아침 해 떠오르고

강가 읍성의 아침 해는
경치 더욱 맑게 하고

높은 누각 아름다우니
채색 안개가 가볍구나

아랑사당 푸른 대나무
슬픈 얘기 품었는데

무봉사의 새벽 종 소리
옛 정취를 흩어놓네

(第9回 白塔詩社韻. 2000年 4月 27日)

4. 離鄕三紀

異鄕三紀暮年回
依舊山川人事衰
尙有先徽傳往跡
却欣親戚共尋來

삼기(三紀) : 기(紀)는 목성(木星)이 하늘을 한 바퀴 도는 시간을 말하는데 십이 년(十二年)
　　을 일컫는다. 그러므로 삼기(三紀)는 삼십육 년(三十六年)이 된다.
선휘(先徽) : 선조가 자손들에게 끼쳐준 아름다운 교훈 또는 그 혜택.

4. 고향 떠난 지 36년

객지 생활 삼십여 년
늙은 나이로 돌아오니

산천은 옛날과 같은데
사람의 일은 희미하네

선조가 끼친 아름다움
옛 자취로 전해지고

친척들 함께 날 찾아오니
도리어 기쁜 마음이구나

(第16回 白塔詩社韻 2001年 6月 27日)

5. 尋珠山書堂

書堂近代嶠南名碩 錦洲許埰先生講學處也 近來其子孫 皆散居他鄉 堂宇頹
落放置已久 見者不禁怊悵

滿庭黃葉寂無人
古木寒鴉只作鄰
獨倚荒亭懷故事
當時風月化烟塵

금주선생(錦洲先生) : 분성인(盆城人)으로 성은 허씨(許氏)이고 자는 경무(景懋)이며 금주(錦
洲)는 그 호이다. 1859년(哲宗 10)에 태어나 1935년(乙亥)에 별세하니 향수 77세이다.
일찍이 성재(性齋) 허전(許傳)과 만구(晩求) 이종기(李鍾杞)의 문하에서 학문을 닦아
1891년(高宗 28)에 진사시(進士試)에 합격하였다. 김해에서 밀양으로 내거(來居)하여 주
산서당(珠山書堂)을 세우고 많은 제자를 길렀으며 덕행이 높고 성리학에 일가견이 있
어 유림의 존경을 받았다. 『금주집(錦洲集)』 15권을 간행했는데 「독례촬요(讀禮撮要)」
「좌전의해(左傳疑解)」 「대산서절요(大山書節要)」 등의 저술이 유명하다.

5. 주산서당을 찾아

서당은 근대 교남(嶠南)의 이름난 석학인 금주선생(錦洲先生) 허채(許埰)가 강학(講學)을 하던 곳이다. 근래에 그 자손들이 모두 타향에서 흩어져 살아 당우(堂宇)가 퇴락한 채 방치된 지가 이미 오래되었다. 보는 사람들은 쓸쓸한 정감을 금할 수가 없다.

정원 가득 노란 낙엽
사람이 없어 적막한데

고목에는 겨울 까마귀
다만 이웃하여 울어대고

홀로 황폐한 정자에 기대
지나간 일 회상할 제

당시에 즐기던 풍류
연기와 티끌로 화했구나

6. 上元日懷鄉

東風翹首望雲山
千里吾鄉暮靄間
親戚今宵同玩月
情談漫步出郊關

상원(上元) : 음력 정월 보름날. 이날은 오곡으로 잡곡밥을 지어 먹고 그것을 이웃 사람에게 나누어주기도 한다. 또 청주 한 잔을 데우지 않고 마시면 귀가 밝아진다고 했으며 날밤·호두·잣·은행 등 딱딱한 과일을 깨물어 이빨을 단단하게 하는 습속이 있었다. 보름달이 떠오르면 미리 지은 달집을 불살라 한 해의 소원을 신명에게 비는 망월(望月)의 풍습도 있었다.

모애간(暮靄間) : 흐릿한 저녁노을 가운데 있다는 뜻. 저녁 안개 속.

교관(郊關) : 들 밖에 있는 관문. 혹은 마을의 글머리.

6. 정월 대보름날 고향을 그리며

봄바람에 머리를 돌려
먼 산을 바라보니

천 리 밖 내 고향이
저녁노을 사이에 있네

친척들과 오늘밤엔
달구경을 같이 하고

정담 나누고 산책하며
들 밖으로 나서련만!

(第32回 白塔詩社韻. 2004年 2月 26日)

7. 尋鄉里故居 十月 十八日

門前槐木葉辭枝
衆鳥歸巢日暮時
千里客遊還未得
蕭條廢屋倚疎籬

고향 마을 옛집(鄕里故居) : 필자가 태어나 자란 옛집이 아직도 고향 마을인 밀양 단정리 (丹亭里)에 있다. 다만 오래전에 타인의 손에 넘어가 쓸쓸한 폐옥이 된 것을 안타깝게 여겨, 도로 매입하여 손질한 후 환고(還故)하고자 하나 아직 뜻을 이루지 못하고 있다.
소리(疎籬) : 성긴 울타리. 가지런하지 못한 울타리.

7. 고향 마을 옛집을 찾아 10월 18일

대문 앞에 홰나무 가지
잎이 떨어져 앙상하고

뭇 새가 둥지를 찾아온
해 저무는 시간인데

천 리 밖에 놀던 나그네
아직도 돌아오지 못하고

쓸쓸히 무너져가는 집
성긴 울타리에 기대 섰네

懷鄕感舊　133

8. 歸去鄕山

歸去鄕山謀幾回
素心未遂已吾衰
餘生只冀丹丘上
新構茅廬時往來

소심미수(素心未遂) : 애초에 마음먹었던 일을 이루지 못했다는 뜻.
단구(丹丘) : 신선이 산다는 가상적인 곳. 여기서는 필자의 향리인 단정(丹亭)의 이명(異名)이
   다. 단장(丹場) · 선허(仙墟) · 선수(仙藪)라는 지명도 있는데 모두 신선과 관계가 있다.
모려(茅廬) : 띠(茅草)로 엮은 집. 여기서는 소박하게 지은 별업(別業) 또는 농장(農庄)
   같은 것.

8. 고향 산천으로 돌아가는 일

고향으로 돌아가는 일
몇 번이나 꾀했지만

처음 뜻 이루지 못하고
나는 이미 늙어버렸네

여생에 다만 바라기는
단구마을의 위쪽에다

소박한 집을 새로 얽어
때때로 왕래하는 것뿐

(第59回 白塔詩社韻. 2008年 12月 25日)

9. 淸明日省墓後眺山下舊居

四月江村百果花
白雲流水一橋斜
故鄕往事今誰問
只瞰傷心我舊家

산하구거(山下舊居) : 산 아래 옛집. 여기서는 필자의 친산(親山)이 있는 단정 선허등(仙墟
嶝)에서 아랫마을을 내려다보며 옛집을 바라본 정경을 읊었다.
일교사(一橋斜) : 하나의 긴 다리가 비껴 있는 광경. 여기서는 필자의 고향 마을 단정(丹亭)
과 산외면 금곡(金谷) 사이를 이어주는 긴 다리 단산교(丹山橋)를 가리킴.

9. 청명 날 성묘 마치고 산 아래 옛집을 내려다보며

사월 달 강마을엔
온갖 과일 꽃이 피고

흰 구름 흐르는 물에
긴 다리가 걸려 있네

고향의 지난 일을
이제 누구에게 물을꼬?

내 옛집을 내려다보며
다만 마음이 상할 뿐

(第61回 白塔詩社韻 2009年 4月 30日)

10. 親山省墓

秋日松楸落照紅
歸巢倦鳥暮霞中
掃瞻爲白家間事
如在神靈肅肅風

친산(親山) : 부모님을 모신 산소
송추(松楸) : 소나무와 가래나무. 묘지 둘레에 심는 나무인 데서 묘소를 이르는 말.
가간사(家間事) : 집안에서 일어난 자잘한 일들.
귀소권조(歸巢倦鳥) : 온종일 날아다니다가 둥지를 찾아 돌아오는 지친 새. 도연명(陶淵明)
    의 「귀거래사」에 "새는 날기에 지쳐 돌아옴을 안다(鳥倦飛而知還)"라는 구절이 있다.
여재(如在) : 『논어(論語)』에 "조상을 제사 지내는 것은 조상이 있는 것같이 할 것이고, 신
    을 제사 지내는 것은 신이 있는 것같이 할 것이다(祭如在 祭神如神在)"라고 한 말을
    인용하였다.
숙숙(肅肅) : 무덤에 부는 고요한 바람 소리. 또는 소나무에서 불어오는 맑은 바람 소리.

10. 부모님 산소에 성묘하고

가을날 선영에는
석양빛 붉게 비치고

둥지 찾는 지친 새는
저문 안개 속으로 헤맨다

무덤을 쓸고 우러러보며
집안일을 사뢰니

신의 혼령 계시는 듯
고요하게 바람이 인다

(第6回 白塔詩社韻. 1999年 10月 26日)

11. 重尋珠山書堂

書堂 近代名碩錦洲許埰先生講學所也 在密陽丹亭里競珠山 北麓泗水溪邊
近者頹落殊甚 不禁愴然懷舊之心

珠山石徑傍溪斜

隱見松陰掩古家

念昔錦翁薰育處

荒凉軒砌亂春花

금옹(錦翁) : 금주(錦洲) 허채(許埰) 선생의 호를 달리 이른 말. 앞 시 「심주산서당(尋珠山書
　堂)」(128쪽)의 각주 참조
훈육(薰育) : 덕(德)과 의(義)로서 흐뭇하게 후진을 기르고 가르치는 것. 훈육(訓育)과 같은 뜻.
헌체(軒砌) : 큰 집의 헌함(軒檻)과 섬돌. 체(砌)는 일정한 규격으로 다듬은 돌.

11. 다시 주산서당을 찾아

　　서당은 근대에 이름난 큰 학자인 금쥬(錦洲) 허채(許埰) 선생이 학문을 강론하던 곳이다. 밀양 단정리 경주산(競珠山) 북쪽 기슭 사수(泗水) 시냇가에 있다. 요새 허물어짐이 더욱 심하여 옛날을 그리워하는 마음에 슬픔을 금할 수가 없다.

경주산의 좁은 돌길
개울을 끼고 비꼈는데

은은한 소나무 그늘에
가리어진 옛집을 본다

금주선생 교육하던 곳
옛일을 생각하게 하고

황량한 헌함과 섬돌에
봄꽃이 피어 난잡하네

　　　　　　　　　　　(第85回 白塔詩社韻. 2013年 4月 25日)

12. 午夢訪舊廬

丹丘故里夢中歸
寂寞荒廬雜草菲
睡覺不禁離索恨
南天遙見片雲飛

오몽(午夢) : 낮잠을 자는 것. 오수(午睡).
황려(荒廬) : 거칠고 허물어진 오두막집이란 뜻으로 돌보지 않는 옛집을 말함.
수각(睡覺) : 잠이 깨었다는 것.
이삭(離索) : 많은 사람들과 떨어져 홀로 외로이 살고 있다는 뜻.『예기(禮記)』에 "나는 무리들과 떨어져 쓸쓸하게 홀로 있다(吾離群而索居)"에서 온 말.

12. 한낮 꿈속에서 옛집을 찾아

단구의 고향 마을로
꿈속에서 돌아감에

적막하고 황폐한 집에
잡초만 무성하구려

잠을 깨니 홀로 떨어진
한을 금할 수가 없는데

남쪽 하늘 멀리에는
조각구름 날고 있네

(第87回 白塔詩社韻. 2013年 8月 29日)

13. 丹丘故里

凝州東峽有生廬
仙洞丹丘累世居
龍抱珠山觀踞虎
鳳翔錦水弄遊魚
農翁始卜開村俗
洲老追移整里閭
倉址猶存傳往事
朝陽舊扁會堂餘

단구(丹丘) : 신선이 산다는 곳. 여기선 필자의 고향 밀양 단장면 단장리를 가리킨다. 이 마을엔 선터(仙墟) · 선숲(仙藪) · 단봉정(丹鳳亭) · 조양(朝陽) 등 관련 지명도 있다.

응주(凝州) : 밀양(密陽) 옛 이름의 하나. 응천(凝川)이 흐르는 고을이라는 뜻.

주산(珠山) : 마을 앞 독뫼(獨山)의 이름으로 경주산(競珠山)을 줄인 이름. 산 모양이 커다란 구슬처럼 생겼는데, 좌우에서 청룡(靑龍)과 백호(白虎)가 서로 으르렁거리며 구슬을 빼앗으려는 형상에서 유래되었다.

금수(錦水) : 경주산 뒤를 돌아 마을 서남쪽으로 흐르는 맑은 하천 이름.

농옹(農翁) : 필자의 고조고(高祖考)이신 농은공(農隱公, 1826~1890)을 일컬음. 공은 중년에 처음으로 이곳을 거주의 터전으로 삼아 마을의 풍속을 열었다.

주로(洲老) : 금주(錦洲) 허채(許採, 1859~1935)를 일컬음. 공은 농은공이 이곳에 먼저 정착한 뒤 김해(金海)에서 이 마을로 옮겨와 함께 세거(世居)의 터전을 삼았다. 마을의 전토를 크게 넓히고 주산서당(珠山書堂)을 열어 강학(講學)과 저술에 힘썼다.

창지(倉址) : 옛날 동민을 구휼하기 위한 곡창이 있던 곳. 현재 본촌의 동북쪽 섬들(島坪) 어귀에 있는 창마(倉村)가 바로 그 터전이다.

조양구편(朝陽舊扁) : 농은공과 금주공의 자제들이 세웠던 마을 서당 조양재(朝陽齋)의 옛 편액. 현재 마을회관의 헌미(軒楣)에 걸려 보존되고 있다.

13. 단구 옛 마을

밀양의 동쪽 골짜기엔
내가 태어난 집이 있어
신선의 마을 단구라
여러 대가 살아온 터전

용은 주산을 안고 돌아
웅크려 앉은 범을 보고
봉황은 금수 위를 날며
노는 물고기 희롱하는 곳

농은공 애초에 터를 잡아
마을 풍속을 개발하니
금주공이 잇달아 옮겨
마을을 반듯하게 했네

창고 터가 아직도 있어
지난 일을 전해주는데
조양재의 낡은 편액은
마을회관에 남아 있구려

14. 歸鄉先塋墓祭

草衰霜降晚秋時

昆季相携遠路馳

千里重逢敦族誼

百年互對審家儀

虎岑覓逕殫誠誓

桂嶺登坮永慕期

順次親塋香奠後

下山日暮不堪悲

성소(省掃) : 조상의 산소를 살피고 깨끗하게 하는 것.

돈족의(敦族誼) : 친족끼리의 화목을 도타이 하는 것.

심가의(審家儀) : 가문의 규칙과 의전(儀典)을 잘 살피는 것.

호잠(虎岑) : 필자의 고조고(高祖考) 농은공(農隱公)의 산소를 모신 단장면 사연리(泗淵里)의
   범머리산(虎頂山)을 말함.

멱경(覓逕) : 산중의 좁은 길을 헤치고 가는 것.

계령(桂嶺) : 필자의 증조고(曾祖考)이신 안포공(安圃公) 휘 완구(完九 1847~1913)의 산소를
   비롯하여 집안 어른의 무덤이 있는 단정리 계령산(桂嶺山)을 일컬음.

등대(登坮) : 산소를 모신 산중턱의 등대(燈坮)로 올라가는 것.

14. 고향에 돌아가 선산에 묘제를 올리며

풀은 시들고 서리 내린
느지막한 가을인데
형제가 서로 손잡고
머나먼 길 달려왔다

천 리 길에서 다시 만나
친족 간에 화목이 도탑고
오랜만에 서로 대면하여
가문의 법도 살피노라

범머리 산에 길을 찾아
효성 다할 것 맹세하고
계령산 등성이에 올라
영원한 추모를 기약하네

차례대로 부모님 산소에도
향불 살라 올린 뒤에
산을 내려오니 해 저물어
슬픈 마음 견딜 수 없구나

(1998년 11월)

15. 亭坌祖考塋時奠

琵瑟峰中瑞氣深

幽堂靜穩日光侵

先親一念求山志

後胤多思守墓任

俯伏塋前貽訓銘

仰瞻碑上義方臨

逐年歲事諸孫謀

尊祖敦親景慕心

정대선영(亭坌先塋) : 대구시 달성군 가창면 정대리(亭坌里)의 뒷산인 비슬산(琵瑟山) 중턱
　　에 모신 필자의 조고(祖考) 물재공(勿齋公) 휘 병렬(炳烈, 1877~1929)의 산소를 가리킴.
　　처음 향리인 밀양 단장면 단정(丹亭) 앞산에 모셨으나, 선친께서 유택(幽宅)으로 마땅
　　하지 않다 하여 1948년에 구산(求山)하여 이장을 했다. 깊은 산중이라 무덤의 수호를
　　걱정하여 자손들에게 특별히 보존과 관리를 유명(遺命)으로 당부한 바가 있다.
후윤(後胤) : 자손이 뒤를 이어 조상을 받드는 것.
이훈(貽訓) : 부조(父祖)가 자손을 위하여 남긴 교훈.
의방(義方) : 한 가정에서 지켜야 할 올바른 도리와 덕(德)을 기르는 방법.
세사(歲事) : 연중행사. 여기서는 해마다 늦은 가을에 묘제(墓祭)를 올리는 것을 이름.

15. 정대리 할아버지 산소에 묘제를 올리며

비슬산 봉우리 한가운데
상서로운 기운이 깊은데
고요하고 편안한 유택엔
눈부신 햇빛 스며들었다

아버님께서 한 마음으로
좋은 묏자리 구한 뜻을
후손들은 많은 생각하며
산소 지키는 소임을 맡네

무덤 앞에 꿇어 엎드려
끼치신 교훈 되새기니
우러러보는 비석 면에
자손의 도리가 비춰진다

해마다 치르는 묘제에서
후손들은 도모하노라
조상을 받들며 화목하고
추모하는 마음 다질 것을   (2003년 11월)

16. 早春省墓後並審果邨墓

依舊東風三月時
山花紅綻去年枝
無言更審先塋下
春草斜陽不勝悲

과촌묘(果邨墓) : 과촌(果邨)은 필자의 숙제(叔弟) 고 성림(成林, 1938~2006)의 호. 그 무덤이
　　향리인 밀양 단장면 단정(丹亭) 선허등(仙墟嶝) 선영 아래에 있다.
동풍(東風) : 동쪽에서 불어오는 바람. 혹은 봄바람. 뱃사람들은 샛바람이라고도 한다.
홍탄(紅綻) : 봄에 꽃잎이 붉게 터지는 모양.

16. 이른 봄 친산 성묘를 마치고
　　과촌의 무덤을 살피다

옛날처럼 봄바람 부는
좋은 시절 삼월이라

산꽃이 붉게 터졌네
지난해 묵은 가지에서

말없이 다시 살펴본다
선산 아래쪽의 무덤을

야들한 봄풀, 해가 기우니
슬픔을 이길 수 없구나

(2009년 3월)

三. 先蹟追思

선조의 자취를 찾아 생각에 잠기다

1. 晚秋今是堂

今是堂 卽 吾先祖承宣公別業也 公晚年退休於龍湖上栢谷 構此亭 取陶淵明
歸去來辭扁爲今是 堂之東今有一鴨脚巨樹 世傳公之手植 樹齡四百餘矣 晚秋飄
零時 萬葉亂飛于地面 似有黃金之亂落也

黃葉紛飛滿地花

龍湖水匯一橋斜

蕭森栢谷懷陶老

風韻尙留今是家

금시당(今是堂) : 밀양시 용활동 활성리 백곡(栢谷)에 있는데, 필자의 14대조 승선공(承宣公)
휘 광진(光軫, 1511~1566)이 만년에 지은 별업(別業)이다. 공은 조선조 명종(明宗) 때
문과에 급제한 후 괴원(槐院)과 한원(翰苑), 사관(史館)과 대각(臺閣), 옥당(玉堂)과 은대
(銀臺) 등에서 깨끗하게 벼슬살이를 하다가 1565년(明宗 20)에 고향으로 돌아와 이 정
자를 짓고 휴양을 하였다. 평소 도연명(陶淵明)의 고상한 풍절을 흠모하여 그가 지은
「귀거래사(歸去來辭)」에 "오늘은 옳고 어제는 잘못되었음을 깨달았다(覺今是而昨非)"
고 한 구절을 취해 '금시(今是)' 두 자로서 당호로 삼았다. 경상남도 문화재자료 제228
호로 지정되었다.

압각수(鴨脚樹) : 은행나무의 딴 이름. 잎의 모양이 오리발 비슷한 데서 이르는 말. 공손수
(公孫樹)라고도 한다.

용호(龍湖) : 밀양 응천강(凝川江)의 상류로 금시당 절벽 아래로 휘돌아나가며 호수를 이룬
물굽이의 이름이다. 용호 위로 근래 높다랗게 긴 다리 하나가 가설되었다.

1. 늦은 가을 금시당에서

　　금시당은 곧 우리 선조 승선공의 별업이다. 공은 만년에 용호 위 백곡으로 물러나 휴양하면서 이 정자를 짓고는 도연명의 「귀거래사」에서 취하여 금시당으로 편액을 했다. 집 동쪽에 지금도 큰 은행나무 한 그루가 있으니 대대로 전하기를 공이 손수 심은 것인데 수령이 400여 년이라 하였다. 늦은 가을에 나부끼며 떨어질 때는 수많은 잎이 땅 위로 흩날리는 것이 마치 황금이 어지러이 떨어지는 것 같았다.

노란 잎이 흩날리며
땅에 가득 꽃잎인데

용호에 물길 휘돌아
다리 하나 비꼈구나

쓸쓸한 잣나무골에서
도연명을 그리워하던

고상한 운치 아직 남은
오늘의 옳음을 깨친 집

(第7回 白塔詩社韻. 1999年 12月 30日)

2. 晚立月淵亭

亭 卽吾先祖內翰公別業 其堂曰雙鏡 臺曰月淵也 亭下有梨淵 往昔先生泛舟
垂釣之處

蕭條落日倚軒頭
雙鏡堂前水自流
月出淵臺幽趣足
梨濱遺影在孤舟

월연정(月淵亭) : 밀양시 용활동 장선리(長善里) 월영연(月影淵) 언덕 위에 자리 잡고 있다.
　조선조 중종(中宗) 때 한림(翰林)·옥당(玉堂)·대간(臺諫) 등 요직을 역임하면서, 지조
　(志操)로서 맑은 명성을 얻은 필자의 15대조 월연공(月淵公) 휘 태(迨, 1483~1536)가
　만년에 관직에서 물러나 휴양하던 별업이다. 동북에서 두 하천의 물이 흘러들어 잔잔
　한 호수를 이루었는데, 달이 떠오르면 수면에는 한 쌍의 거울이 아름답다 하여 당(堂)
　을 일러 쌍경(雙鏡)이라 하였고 대(臺)를 일러 월연(月淵)이라 하였다. 국가문화재 제87
　호로 지정되었으며 밀양팔경(密陽八景)의 하나로 선정되었다.
이빈(梨濱) : 월영연(月影淵) 아래쪽에 있는 소택지(沼澤) 이름. 옛날에는 물가에 배나무가
　길게 서 있어 배나무소 또는 이연(梨淵), 이빈(梨濱)이라 했다. 월연선생이 이곳에서
　배를 띄워 고기 낚기를 즐겨 하였다.

2. 저녁에 월연정에 서다

정자는 곧 우리 선조 내한공(內翰公)의 별업이다. 그 당(堂)을 일러 쌍경(雙鏡)이라 하고 대(臺)를 일러 월연(月淵)이라 하였다. 정자 아래에 배나무소가 있는데 옛날에 선생이 배를 띄워 낚시를 하던 곳이다.

쓸쓸하게 해 떨어진
헌함 머리에 기대서니

쌍경당 앞 강물이
조용하게 흐르는구나

월연대에서 나온 달은
정취가 그윽한데

배나무소에 남긴 그림자
외로운 배 안에 있네

(第8回 白塔詩社韻. 2000年 2月 23日)

3. 密陽先世遺蹟探訪 三題

● 舍人堂故里

　　里卽 吾先祖密陽入鄕 奠居之地 今之龍城也

松楸蕭瑟晚風聲
閭里滄桑無限情
賴有歸根春雨榭
華扁輝映古龍城

밀양선세유적탐방(密陽先世遺蹟探訪) : 2000년 10월 13일 1박 2일 일정으로 '재경여주이씨
　종친회연합회'에서 밀양 각처에 산재한 선세(先世)의 유적을 탐방하는 행사를 가졌다.
　반계정(盤溪亭)·춘우정(春雨亭)·금시당(今是堂)·월연정(月淵亭)·경춘당(景春堂)·
　퇴로리(退老里)의 종택과 정사(亭榭) 등을 두루 돌아보았다.
창상(滄桑) : 창해상전(滄海桑田)의 준말. 푸른 바다가 변하여 뽕밭이 된다는 뜻으로 세상의
　변천이 심함을 비유하여 이르는 말. 상전벽해(桑田碧海)와 같은 뜻.
춘우사(春雨榭) : 여주이씨 밀양 입향촌(入鄕村)인 사인당리(舍人堂里)에 있는 춘우(春雨
　亭)을 말한다.
용성(龍城) : 지금의 밀양시 용활동 용평리(龍平里)를 일컫는다. 고호는 사인당리 또는 용성
　리(龍城里)라 했으며 승벌(僧伐)이라는 다른 이름도 있다.

158　晚歲餘情集

3. 밀양의 선대 유적을 찾아 3제

● 사인당리 옛 마을

마을은 곧 우리 선조가 밀양으로 입향하여 처음 거주한 지역이다. 지금의 용성리(龍城里)이다.

선영은 쓸쓸하고
저녁 바람 부는데

마을의 슬한 변천
무한한 정일레라

다행히 귀근헌歸根軒에다
춘우정春雨亭이 남아 있어

아름다운 편액이
옛날 용성을 비춰주네

● 盤溪亭

亭在 府之東峽泛棹川邊 傍先祖盤溪公別業也

矼上扶筇聽瀨聲
桃源仙境出塵情
先賢當日棲遲處
別構華亭似化城

반계공(盤溪公) : 조선조 영정(英正) 시대 여주이씨 가문 출신의 산림처사인 이숙(李潚, 1720~1807)을 일컫는다. 자는 유청(幼清)이고 호가 반계(盤溪)인데 문절공(文節公) 이행(李行)의 후손이다. 일찍부터 과환(科宦)에 대한 뜻을 거둔 채 정각산(正覺山) 아래 반석 위에 집을 짓고 은거하였다. 나이 80세에 통정대부(通政大夫)의 품계와 첨지중추부사(僉知中樞府事)의 직함을 받았다. 저서로 『반계집(盤溪集)』 1책이 있다.
강상(矼上) : 징검다리의 위라는 뜻. 징검다리는 냇물에 듬성듬성 큰 돌을 놓아 건너가게 한 돌다리.
도원선경(桃源仙境) : 무릉도원(武陵桃源)처럼 신선이 사는 경지라는 뜻.
화성(化城) : 절간 또는 사원. 번뇌를 막아주는 안식처라는 뜻을 지니고 있다.

● 반계정에서

정자는 고을의 동쪽 협곡 범도천(泛棹川) 가에 있다. 방선조(傍先祖) 반계
공(盤溪公)의 별업(別業)이다.

징검다리 지팡이 짚고
물소리를 듣는다

무릉도원의 선경처럼
세속을 벗어났네

선현이 그 옛날에
소요자적하시던 곳

별경에 지은 아름다운
정자가 절간 같구나

●退老村

近故 族曾祖恒齋公三昆季 卜居以來 爲吾鄕名村 三亭西皐龍峴三隱亭也

百年文物振家聲
花石溪泉摠有情
瀟灑三亭依舊好
湖山咫尺對江城

항재공삼곤계(恒齋公三昆季) : 항재공(恒齋公)과 그 중제(仲弟)인 정존헌(靜存軒) 이능구(李能
九, 1846~1897) 및 계제(季弟)인 용재(庸齋) 이명구(李命九, 1852~1925) 등 세 형제를
일컫는 말이다. 항재공은 근대 여주이씨 가문 출신의 학자 이익구(李翊九, 1838~1912)
를 가리킨다. 성재(性齋) 허전(許傳)의 문인으로 일찍부터 경사(經史)에 통달하고 사장
(詞章)에도 능했는데, 저서로『독사차기(讀史箚記)』10권 4책과『항재집(恒齋集)』9권
5책을 간행했다.
삼정(三亭) : 부북면 퇴로리 여주이씨 문중의 세 정자를 말한다. 곧 항재공의 강학처인 서
고정(西皐亭)과 정존헌공을 추모하기 위한 용현정사(龍峴精舍) 및 용재공이 세 가지
생활의 낙을 즐겼다는 삼은정(三隱亭)이 그것이다.

● 퇴로마을에서

가까운 족증조(族曾祖)이신 항재공(恒齋公) 삼형제가 거주를 정한 이래 우리 고을의 명촌(名村)이 되었다. 삼정(三亭)은 서고정(西皐亭)·용현정(龍峴亭)·삼은정(三隱亭)이다.

백 년 동안 문물로서
가문의 명성 떨쳤으니

꽃과 암석 시냇물이
모두가 정답구나

산뜻한 세 정자의
옛 모습이 좋은데

호수와 산이 지척에 있고
강성과도 마주했네

(第12回 白塔詩社韻. 2000年 10月 26日)

4. 宿嚴光齋參五世壇享及入鄕祖墓祭 二題

● 齋宿

松楸寂寞入雲霞
落日悲風吹古家
遠近雲仍同一夜
悅親情話剪燈火

재숙(齋宿) : 재실에서 유숙을 한다는 뜻이다. 선산(先山) 아래에 묘소를 관리하기 위하여
　　지은 집을 재숙소(齋宿所) 또는 묘각(墓閣)이라 한다. 시제(時祭) 혹은 조상을 추모하기
　　위한 행사를 할 때는 원근에서 모여든 자손들이 이 재숙소에서 하룻밤을 같이 묵으면
　　서 정회(情話)를 나누고 종사(宗事)를 논의하는 풍습이 있었다.
운잉(雲仍) : 8대손인 운손(雲孫)과 7대손인 잉손(仍孫)을 말한다. 곧 세대가 멀어진 먼 후손
　　을 뜻함.
열친정회(悅親情話) : 친척들과 만나 정다운 얘기를 서로 주고받으며 기뻐하는 것.

4. 엄광재에서 자고 오세단과 입향선조 묘제에 참가하다 2제

● 재실에서 묵으며

송추松楸는 적막하고
구름과 안개 자욱한데

해거름녘 슬픈 바람
낡은 재실에 부는구나

멀고 가까운 후손들이
하룻밤을 함께하고

정든 친족 말을 나누다
등불의 심지를 잘랐네

● 五世壇享參祭

嚴光谷裏散朝霞
齊宿同心摠一家
端整衣冠隨唱拜
祭壇高處燦霜花

오세단(五世壇) : 오대(五代)에 걸친 조상의 혼령을 모시는 단소를 이름. 여기에서는 여주이
씨 밀양파의 선조로서 산소가 북한(北韓) 땅에 소재하여 향사(享祀)가 어려운 7세조
사인공(舍人公) 이윤침(李允琛), 8세조 목사공(牧使公) 이천백(李天白)과 배위 군부인(郡
夫人) 평해황씨(平海黃氏), 9세조 문절공(文節公) 이행(李行)과 배위 군부인(郡夫人) 서
산류씨(瑞山柳氏), 10세조 제학공(提學公) 이척(李逖)과 정부인(貞夫人) 순천박씨(順天朴
氏), 11세조 돈녕공(敦寧公) 이자(李孜)를 향사하는 제단을 말한다.
수창배(隨唱拜) : 창홀(唱笏) 곧 부르는 홀기(笏記)에 따라 배례를 한다는 뜻.
상화(霜花) : 서리의 꽃. 서리가 하얗에 내려 햇빛을 받고 반짝거리는 모양이 마치 흰 꽃과
같다 하여 형용한 말.

● 오세단 향사 참배

엄광嚴光 깊은 골짜기엔
아침안개 사라지고

재실에서 함께한 마음
모두가 일가라네

의관을 단정히 하고
홀기笏記를 따라 배례하니

제단 높은 곳에는
서리꽃이 찬란하구나

(第25回 白塔詩社韻 2002年 12月 27日)

5. 夏季教養講座有感 二題

我門中有舍人堂里務本會 每年夏季 聚門內靑壯宗員 行傳統的敎養講座于先
亭 今年爲二十四回 八月初旬實施於月淵亭 京鄕宗員二百餘人參席 盛況裡終了

● 先世藏修處

八月江亭萬綠新
淸風兩腋爽心神
昔年吾祖藏修處
團聚京鄕務本人

장수처(藏修處) : 조용한 가운데서 책을 읽고 학문에 힘쓰는 장소인데 흔히 별서(別墅)나 정
　사(精舍)를 일컫는다. 장수유식(藏修游息)이라는 말과 뜻이 같다.
단취(團聚) : 한 집안 식구나 친한 사람들이 화목하게 한데 모이는 것.
무본인(務本人) : 무본(務本)은 인간의 근본인 윤리(倫理)를 지키고 실천하는 것을 권장한다
　는 뜻이다. 여기서는 여주이씨의 사인당리무본회(舍人堂里務本會) 회원을 가리키는 말
　이다.

5. 여름철 교양강좌에 대한 감상 2제

우리 문중에는 사인당리무본회(舍人堂里務本會)가 있다. 매년 여름철에 문중의 청년·장년 종원들을 모아 선정(先亭)에서 전통적인 교양강좌를 행하고 있다. 금년이 스물네 번째로 팔월 초순에 월연정에서 실시했는데 경향 각지의 종원 200여 인이 참석하여 성황리에 종료하였다.

● 선조가 수양하던 곳

팔월의 강정江亭에는
온갖 푸름이 싱싱하고

겨드랑이 맑은 바람에
몸과 마음이 상쾌한데

옛날에 우리 선조
은거하여 수양하던 곳

경향京鄕에서 모여들었네,
무본務本하는 사람들이

●學古人

滿座淸涼面面新
講修眞摯礪精神
亂蟬噪裡忙揮扇
爲是誠心學古人

학고인(學古人) : 옛사람들이 후인에게 끼친 훌륭한 인생의 교훈이나 학문, 문화예술을 익
　히고 배운다는 것.
강수(講修) : 강학(講學)과 수련(修鍊). 정신을 갈고 닦는 것.
휘선(揮扇) : 부채질을 하는 것.

● 옛사람에게 배움

자리를 시원하게 메운
얼굴들이 새롭다

진지하게 공부를 하며
정신을 갈고 닦으니

시끄러운 매미 소리에
부채질도 잊은 채

정성스런 마음으로
옛사람에게 배우네

(第34回 白塔詩社韻. 2004年 8月 23日)

6. 宿永思齋有感 二題

齋在密陽市龍坪里 卽驪州李氏入鄕祖追慕齋舍也 近年守護不誠 境內 荒廢
尤甚 以子孫不禁愴然之感

● 嘆荒跡

奠居五百歷年長
分派雲仍據八方
舊蹟荒凉誰可護
庭前只有老松香

전거(奠居) : 선조가 자손들에게 사는 곳을 점지해주는 것. 삶의 터전을 정하는 것.
운잉(雲仍) : 앞 시 「齋宿」(164쪽)의 각주 참조

6. 영사재에서 자고 느낌이 있어 2제

영사재는 밀양시 용평동에 있는데 곧 여주이씨 입향조를 추모하는 재사이다. 근년에 수호가 성실하지 못해 경내에 황폐함이 매우 심했으므로 자손들은 슬픈 정감을 금할 수 없었다.

● 거칠어진 자취를 탄식함

터 잡은 지 오백 년
오랜 역사 지녔기에

분파分派가 된 먼 후손
팔방에 의지해 사는구나

옛 자취가 거칠어졌지만
누가 수호를 하겠는가

정원 앞뜰에 다만
노송의 향기뿐인데

● 思先業

吾李凝鄕世代長
先徽再闡豈無方
宣揚遺業殫誠孝
好奉靑氈播古香

응향(凝鄕) : 밀양의 고호가 응천(凝川)이므로 '응쥬(凝州) 옛 고향'이라는 뜻.

선휘(先徽) : 선조가 끼쳐주신 덕업(德業)의 아름다움이라는 뜻.

청전(靑氈) : 청전은 털실로 짠 푸른 빛깔의 양탄자를 말하지만 여기서는 대대로 그 집안에
서 전해 내려오는 보물 곧 가보(家寶) 또는 전통적 유물을 가리킨다. 진(晉)나라 때 왕
헌지(王獻之)가 밤에 집에서 자고 있는데 도적이 방에 들어와 가장집물을 남김없이 훔
쳐가려 했다. 왕헌지가 태연하게 말하기를 "다른 것은 다 가져가도 좋으나 푸른 양탄
자만은 우리 집에 내려오는 구물(舊物)이니 두고 가라" 하고 타일렀다. 도적이 그 위
엄에 눌려 달아났다는 고사(故事)가 있다.

● 선대의 유업을 생각함

밀양 고을의 우리 이씨
이어온 세대가 긴데

선조의 자취 드러내는
방책이 어찌 없으랴?

끼치신 유업을 선양함에
정성과 효우를 다한다면

청전구물青氈舊物 잘 받들고
옛 향기를 퍼뜨리리

(第38回 白塔詩社韻. 2005年 4月 28日)

7. 盛夏遊先 二題

● 望遊人幕

雨後新堤草色多
群蟬樹裡一齊歌
隔江滿目遊人幕
不見淸流但俗波

유인막(游人幕) : 여행객들이 여름철에 산이나 물가에 야유(野遊)를 위해 임시로 쳐놓은 천막. 텐트(tent).

신제(新堤) : 새로 조성한 제방. 밀양 응천(凝川) 상류에 있는 월연정(月淵亭)·금시당(今是堂) 앞에 근래에 조성한 높은 제방이 보인다.

속파(俗波) : 저속한 물결. 여기서는 옳은 풍류를 알지 못하는 많은 사람들의 저속하고 난잡한 놀이를 빗대어 이른 말.

7. 한여름 선정에서 놀던 정감을 적다 2제

● 여행객의 천막을 바라보며

비 온 뒤에 새 제방엔
초록색이 질푸른데

매미 떼들 나무숲에서
가지런히 노래한다

강 건너에 노는 사람
눈에 가득한 천막이라

맑은 물은 보이지 않고
다만 속인들의 물결뿐

● 江亭過夏

往日先人雅趣多
江亭過夏樂詩歌
風情大變今何樣
漫對斜陽嘆世波

강정과하(江亭過夏) : 옛날 선비들이 강변이나 산속에 있는 정자 등에서 예법에 구애되지
　　않고 시가(詩歌)와 풍류(風流)를 즐기면서 여름을 나는 것을 이른다.
선인(先人) : 먼저 돌아가신 분. 여기서는 선조를 말함.

● 강정에서 지낸 여름

지난날 선조들은
아름다운 흥취가 많아

강 정자에서 여름 보내며
시가를 즐겼다네

풍류風流의 정이 크게 변한
지금의 양상 어떠한가?

부질없이 석양을 보며
세파를 한탄한다

(第40回 白塔詩社韻. 2005年 8月 25日)

8. 賀舍人堂里宗宅落成

舍人堂里 五百年前 驪州李氏密陽入鄕祖 卜居里名也 今爲密陽市龍平里

幾歲經營宿願開
落成今日祝傾盃
青氈舊物新居展
詩禮世家餘慶來

사인당리(舍人堂里) : 지금의 밀양시 용평동 승벌(僧伐) 마을의 옛 이름. 마을에는 '사인당
리고가(舍人堂里古家)'라는 현판이 붙은 종택을 근래에 복원하였고, '입향시거지기념
비(入鄕始居地記念碑)'라는 거대한 석비를 마을 앞에 세웠다.
시례세가(詩禮世家) : 대대로 시(詩)와 예(禮)의 가르침을 받드는 전통적인 가문이라는 뜻.
시례는 공자의 아들 공리(孔鯉)가 아버지로부터 시와 예를 배워야 하는 까닭을 듣고
당장 배웠다는 고사에서 온 말로, 여기서는 한 가문의 자손이 조상이 끼친 유업과 가
르침으로 받들어 실천한다는 의미이다.

8. 사인당리 종택의 준공을 축하하다

사인당리(舍人堂里)는 오백 년 전에 여주이씨 밀양 입향조께서 처음 터를 정하신 마을의 이름이다. 지금의 밀양시 용평리(龍平里)가 된다.

몇 해를 경영하여
묵은 소원 열었는데

낙성을 본 오늘에야
축배를 기울인다

전해진 소중한 보물
새집에 펼쳤으니

대대로 이은 효우의 가문
조상의 음덕 끼치었네

(第42回 白塔詩社韻. 2005年 12月 29日)

9. 推火山先塋展拜後俯瞰故里起懷

連山輕霧接村烟
回望長橋架箭川
月榭今堂收好景
遺風百世滿江天

살내(箭川) : 활천(活川)이라고도 하는데 밀양시 활성동(活城洞) 앞을 흐르는 하천 이름. 응
　　천강(凝川江)의 상류로 동북(東北)의 두 내가 합쳐지는 곳이며 근래에 대구(大邱) 부산
　　(釜山) 간 고속도로가 개통되어 넓은 하천을 가로지르는 높고 긴 교량이 가설되었다.
월사금당(月榭今堂) : 월사(月榭)는 월연정(月淵亭)을 말하고 금당(今堂)은 금시당(今是堂)을
　　말한다.

9. 추화산 선영을 참배한 후 옛 마을을
   내려다보며

겹친 산 가벼운 안개
마을에 잇닿았고

바라보니 긴 다리가
살내 위에 걸쳐 있네

월연정月榭과 금시당今堂
좋은 풍경 거두었으니

백대에 끼치신 풍절風節
강과 하늘에 가득하다

(第54回 白塔詩社韻. 2007年 12月 27日)

10. 春雨亭

亭在密陽龍城村舍人堂里古家內 踞今四十年前新築 其時碧史先生命名 乃作
其記

往年故里築新亭
春雨爲名識衆情
自葉流根花樹茂
無窮餘慶振家聲

사인당리고가(舍人堂里古家) : 여주이씨(驪州李氏) 밀양 입향시거지(入鄕始居地)에 있는 옛
　　집의 이름.

춘우위명(春雨爲名) : 봄비(春雨)로서 이름을 지었다는 것. 「춘우정기(春雨亭記)」에 "봄비가
　　내려 나무를 적시니, 잎에서 뿌리로 흐른다(春雨潤木 自葉流根)"는 구절이 있다.

화수(花樹) : 꽃이 핀 나무. 동성동본(同姓同本)의 일가를 비유하여 이르는 말.

10. 춘우정에서

춘우정은 밀양 용성(龍城)마을 사인당리고가(舍人堂里古家) 안에 있다. 지금부터 40년 전에 새로 지었다. 그때 벽사선생(碧史先生)이 당호(堂號)를 붙이고 그 기문을 지었다.

지나간 해 옛 마을엔
새로운 정자를 만들어

봄비로써 이름을 지어
뭇사람에게 뜻을 알렸네

잎에서 뿌리로 흘러가면
꽃나무는 무성해지고

무궁하게 남겨진 경사
가문의 명성을 떨치리라

11. 入鄕先祖墓表改竪志感

齋宮洞 卽驪州李氏入鄕先祖墓域所在洞

齋宮洞裏瑞光長
鬱鬱松楸百世蒼
多喜雲仍誠力竭
崇碑新刻照春陽

입향선조묘표(入鄕先祖墓表) : 향리(鄕里)에 처음 들어온 선조의 묘표(墓表) 곧 묘비(墓碑)를
일컬음. 여주이씨가 밀양에 입향(入鄕)을 하여 처음으로 가문을 일으킨 선조 충순위교
위공(忠順衛校尉公) 휘 사필(師弼)의 산소가 산외면 엄광리(嚴光里)에 있는데, 세월이
너무 오래되어 그 묘역이 허물어지고 묘비가 마멸되었으므로 2011년 4월에 대대적인
정화 공사와 함께 묘비를 다시 고쳐 세웠다. 묘표의 글은 전면에 주인공의 관직·명
호(名號)를 큰 글씨로 새기고 후면에 그 사적(事蹟)을 서술하되, 명(銘) 또는 찬(贊)과
같은 운문(韻文)을 쓰지 않는다. 대개 후손들이 직접 짓는 경우가 많아 자기 조상을
스스로 칭양(稱揚)하는 것을 피하기 때문이다.
개수(改竪) : 묘비 또는 기념비 등을 고쳐 세우는 것.
운잉(雲仍) : 앞 시 「齋宿」(164쪽)의 각주 참조

11. 입향선조의 묘표를 고쳐 세움에 감회를 적다

재궁동은 여주이씨 입향선조 묘소 구역에 있는 동명

재궁동 안 골짜기
상서로운 빛이 길어

울창한 소나무와 추자
백대에까지 푸르렀고

먼 후손들 정성으로
힘을 다하니 기쁘구나

높다란 비석 새로 세워
봄날의 햇볕을 비춘다

12. 雨中望今是堂

龍湖蒼壁綠陰深
窈窕亭臺映水沈
江雨蕭蕭幽趣足
追懷今是昨非心

용호창벽(龍湖蒼壁) : 용호(龍湖)는 금시당(今是堂) 정자 아래쪽에 있는 깊은 호수. 호수 왼
   쪽으로 푸른 절벽 위에 금시당이 있다.
소소(蕭蕭) : 쓸쓸한 소리의 형용. 여기에서는 강에 내리는 쓸쓸한 빗소리.
금시작비(今是昨非) : "벼슬살이를 그만둔 오늘이 옳고 벼슬살이에 매달리던 어제가 잘못
   된 것을 깨달았다"는 도연명(陶淵明)의 「귀거래사(歸去來辭)」 글 가운데 '각금시이작
   비(覺今是而昨非)'를 가리킨 말. 앞 시 「만추금시당(晩秋今是堂)」(154쪽)의 각주 참조

12. 빗속에서 금시당을 바라보며

용호의 푸른 절벽에
녹음은 깊어가는데

고요하고 깊숙한 정자
물에 비치어 잠겼더라

강에 내리는 비 쓸쓸하여
그윽한 정취를 이루니

오늘이 옳고 어제의 잘못
품으신 마음 추모한다네

13. 晚登月淵臺

落日淵臺月未生
微風乍起葛衣輕
鳴蟬樹裏驅炎熱
天末龍神降雨行

월연대(月淵臺) : 밀양시 용평동 월연정(月淵亭) 경내에 있는 영대(詠臺)의 이름. 주인공인
　　월연(月淵선생 이태(李迨)가 문사들과 어울려 시를 읊고 소창하던 곳.
갈의(葛衣) : 갈포(葛布)로 만든 옷. 여름철에 입는 가볍고 시원한 옷.
용신(龍神) : 용궁에 있다는 임금 곧 용왕(龍王)을 말하는 것으로 비를 내리게 하는 신으로
　　알려져 있다.

13. 저녁에 월연대에 올라

해 떨어진 월연대月淵臺엔
달이 아직 나오지 않고

서늘한 바람 잠깐 일더니
여름옷이 가볍구나

숲 속에서 매미가 울어
무더위도 달아나고

하늘 끝 용궁의 신이
비 내려주고 가더라

(第81回 白塔詩社韻 2012年 8月 30日)

14. 早春省拜德沼先塋

南楊州市瓦阜邑德沼里鷹峰山麓 有十八代祖妣載寧郡主三母子之幽宅

江流解凍値初春

郊外松楸日日新

三四雲仍携酒果

進香展拜似存神

성배(省拜) : 조상의 무덤을 살피고 배례한다는 뜻. 혹은 성묘(省墓).

재령군주(載寧郡主, 1409~1444?) : 조선조 태종(太宗) 때 폐세자(廢世子)가 된 양녕대군(讓寧
  大君, 1394~1462)의 적장녀(嫡長女)로서, 작자의 18대 조고(祖考)이신 지돈녕부사(知敦
  寧府事) 이자(李孜, 1409~1443?)의 배위이다. 처음 외명부(外命婦) 봉호(封號)는 전의현
  주(全義縣主)였으나 1431년(世宗 13)에 재령군주로 승봉이 되었다.

삼모자(三母子) : 어머니와 두 아들. 여기서는 같은 묘역에 재령군주와 함께 안장된 맏아들
  중화군수(中和郡守) 이증석(李曾碩) 및 차자인 포천군수(抱川郡守) 이증약(李曾若) 형제
  를 가리킨다.

전배(展拜) : 이마를 땅에 대고 절을 함. 공손한 마음으로 배례한다는 것.

사존신(似存神) : 여기서는 마치 신령(神靈)이 존재하는 것처럼 여기게 된다는 뜻.

14. 이른 봄에 덕소 선영에 성묘를 하고

남양주시 와부읍 덕소리 응봉산 자락에는 십팔대조비이신 재령군주 세 모 자분의 산소가 있다.

흐르는 강물이 풀린
첫봄을 만났으니

서울 근교 선영에도
나날이 빛이 새롭네

서너 사람 후손들이
술과 과일 손에 들고

향 피우고 절을 하니
마치 신령이 계시는 듯

(2007년 2월)

四. 京鄕遊觀

나라 안 이곳저곳을 찾아 유람하다

1. 與竹夫石如陪碧史先生遊安眠島

六月 十三日

萬頃蒼波隔世塵

奇花異草似逢春

林間酌酒談千古

如此淸遊有幾人

안면도(安眠島) : 충청남도 서산군(瑞山郡) 남서쪽에 위치한 우리나라 여섯 번째로 큰 섬인
데 행정구역상 안면읍(安眠邑)으로 되어 있다. 면적은 90.25km이고 인구는 약 3만 명
이며 섬 주변에 네 개의 유인도(有人島)와 50여 개의 무인도가 있다. 주민의 대부분이
농업 · 축산업 · 어업에 종사하고 있으나 최근에는 서산해안국립공원 조성에 따라 섬
전체가 경승지가 되었으며 각종 위락 휴양 시설이 많이 들어섰다. 방포(傍浦) · 삼봉
(三峰) 두 해수욕장과 모감주나무 군락지 등 삼림욕 장소로도 유명하다.

1. 죽부 석여와 함께 벽사선생을 모시고 안면도에서 놀다 6월 13일

끝이 없는 푸른 물결
속세의 티끌 멀리했고

기이한 꽃과 초목이
봄을 만난 듯하구나

수풀 사이에 술 마시며
옛날 사적을 담론하니

이와 같은 맑은 유람
몇몇이나 하겠는가?

2. 訪深谷書院 五月 三十日

院卽 趙靜庵先生妥靈之所也 在龍仁市上峴洞 近來四圍 聳立高層建物 以環
境亂雜 院之位置難尋 見者不禁慨嘆

從來深谷遠囂塵
俎豆先賢每仲春
輓近院村開發亂
祠堂位置少知人

조정암 선생(趙靜庵先生) : 정암(靜庵)은 조선조 중종(中宗) 때 유학자 조광조(趙光祖
1482~1519)의 호이다. 자는 효직(孝直)이고 시호는 문정(文正)이며 본관은 한양(漢陽)이
다. 한훤당(寒暄堂) 김굉필(金宏弼)에게 수학한 후 성리학 연구에 힘써 사림파(士林派)
의 영수가 되었다. 1510년(中宗 5)에 진사(進士)가 되고 5년 뒤에 알성문과(謁聖文科)에
급제한 후, 여러 요직을 거치는 동안 임금의 신임을 얻어 왕도정치(王道政治)의 실현
을 주장하였다. 1519년(中宗 14)에 대사헌(大司憲)으로 있으면서 현량과(賢良科)를 실시,
신진사류(新進士類)들을 대거 등용시키는 한편, 훈구파(勳舊派)를 배척하다가 모함을
받아 결국 정치적인 실각을 당하였다. 능주(綾州)에 유배되었으나 반대파의 끈질긴 공
격으로 마침내 사사(賜死)가 되었고 선조(宣祖) 초에 신원(伸寃)이 되어 영의정(領議政)
에 추증(追贈) 문묘에 배향되었다. 사후에 죽수서원(竹樹書院)·도봉서원(道峰書院)·
심곡서원(深谷書院) 등에 향사되었으며 저서로 『정암집(靜庵集)』이 있다.

조두(俎豆) : 제사 때 음식을 담는 그릇. 제기(祭器)를 갖추고 제사를 지내는 것.

원촌(院村) : 서원(書院) 또는 사원(寺院)이 위치한 마을.

2. 심곡서원을 찾아서 5월 30일

    심곡서원은 곧 조정암 선생의 위패를 모신 곳이다. 용인시 상현동(上峴洞)에 있는데 근래에 사방이 높다랗게 솟은 고층건물로 들러싸여 환경이 난잡하고 서원의 위치조차 찾기가 어렵다. 보는 사람들이 개탄을 금할 수가 없다.

지금까진 깊은 골짜기로
시끄러움을 멀리하였고

선현의 제사를 받들기
해마다 봄철에 해온 곳

요새 와선 서원書院마을의
난잡한 개발로 인해

사당이 있는 곳을
아는 사람조차 적구나

(第22回 白塔詩社韻. 2002年 6月 27日)

3. 尋瑞鳳寺址玄悟國師塔碑 八月 十六日

寺址 在龍仁市神鳳洞光敎山下 有瑞鳳來棲因卜寺基之傳說 塔碑實物第九號
高麗明宗時 李知命撰柳公權書也

鳳去千年景物凉

唯存碑塔備揄揚

國師功德有貞石

衣鉢相傳名義芳

현오국사(玄悟國師) : 고려 의종(毅宗, 1147~1170 재위) 때의 고승으로 1178년(明宗 8)에 그
　가 입적(入寂)하자 명종은 국사(國師)로 봉하고 동림산(東林山)에 다비(茶毘)를 하도록
　했다.
이지명(李知命) : 1127년(仁宗 5)~1191년(明宗 21). 고려 명종 때의 문관. 자는 낙수(樂叟)이
　고 시호는 문평(文平)이며 관향은 한산(韓山)이다. 문과에 급제한 후 청렴한 관직 생활
　로 정중부(鄭仲夫)의 난 때도 화를 입지 않았다. 모든 글에 정통했으나 특히 시부(詩
　賦)에 능통하였고, 글씨에 일가견이 있어 초서(草書)와 팔분체(八分體)로 유명하였다.
류공권(柳公權) : 1132년(仁宗 10)~1196년(明宗 26). 고려 중기의 명신. 자는 정평(正平)이고
　시호는 문간(文簡)이며 관향은 유주(儒州)이다. 어려서 학문을 좋아하고 초서(草書)와
　예서(隷書)에 능한 서예가이기도 하다. 문과에 급제한 후 승지(承旨)로 발탁되어 임금
　의 측근에서 왕명을 출납하였고, 정당문학(政堂文學)과 참지정사(參知政事)에 올라 여
　생을 마쳤다. 청렴근면하고 특히 서도(書道)에 능하여 많은 금석(金石) 문자를 남겼다.
의발(衣鉢) : 불가(佛家)에서 말하는 가사(袈裟)와 바리때. 유가에서도 학문과 기예(技藝) 등
　을 제자에게 물려 전한다는 뜻으로 통용되었다.

3. 서봉사 현오국사 탑비를 찾아

절터는 용인시 신봉동(神鳳洞) 광교산(光敎山) 아래에 있다. 상서로운 봉황이 날아와 깃들여 살았기 때문에 절터를 삼았다는 전설이 있다. 탑비(塔碑)는 보물 제9호로 고려(明宗) 때 이지명(李知命)이 글을 짓고 류공권(柳公權)이 글씨를 썼다.

봉황이 간 지 천 년이라
경치는 황량하지만

오로지 탑비가 남아
찬양하도록 하였네

국사의 공적과 덕망
단단한 빗돌에 새겨져

의발을 서로 전한
명성과 의리 꽃다워라

(第23回 白塔詩社韻. 2002年 8月 29日)

4. 贈開仁山莊主人 八月 二十九日

山莊 在江原麟蹄郡上南面美山里麒麟峽中 主人申南休 築開仁山莊 別構松
石亭 壬午年盛夏 白塔詩社會員 請邀于此亭 因作

京洛一離棲美山

堂齋別構老松間

招邀更下陳蕃榻

賓主交驩水月寒

경락(京洛) : 중국에서 동경(東京)과 낙양(洛陽)을 아울러 일컫는 말로 서울을 말한다.
진번하탑(陳蕃下榻) : 손님을 특별히 대접할 때 쓰는 말. 중국 후한(後漢) 때에 낙안태수(樂
　　安太守)를 지낸 진번(陳蕃)이 특별히 의자(榻) 하나를 만들어 걸어두었다가, 주구(周璆)
　　와 서치(徐穉) 등 고결한 인품을 지닌 명사들이 오면 의자를 내려놓고 접대를 한 후
　　돌아가면 다시 의자를 걸어두었다는 고사에서 빈객(賓客)을 존경한 것을 비유하였다.
교환(交驩) : 기쁨과 즐거움을 서로 나눈다는 뜻.

4. 개인산장 주인에게 주다 8월 29일

산장은 강원도 인제군 상남면 미산리(美山里) 기린협(麒麟峽) 가운데에 있으며 주인 신남휴(申南休)가 개인산장(開仁山莊)을 짓고 별도로 송석정(松石亭)이란 정자를 얽었다. 임오년(壬午年) 한여름에 백탑시사 회원을 이 정자에 초대하였으므로 이 시를 지었다.

서울을 한 번 떠나
미산에 깃들여 살며

당과 서재를 늙은
소나무 사이에 얽었네

벗을 초대하여 다시
진번의 탑을 내리고

손과 주인 서로 즐기니
물과 달도 차갑더라

(第24回 白塔詩社韻. 2002年 10月 25日)

5. 大谷山莊情趣

秋日見招 一宿於加平大谷里山莊 有感作

興來微詠逐閒眠

寥寂溪山帶翠煙

靜界幽情誰料得

遠聞松籟似鳴絃

대곡리산장(大谷里山莊) : 경기도 가평읍 대곡리(大谷里) 산기슭에 있다. 여서(女壻) 당성증
　　(唐星增) 군의 주말농장을 겸한 산장(山莊)으로, 근자 그에게 호(號)를 지어주며 소천교
　　거(宵泉郊居)라는 당호(堂號)를 졸필로 써준 바가 있다.
취연(翠煙) : 푸른 연기. 멀리 푸른 숲 언저리에 서린 안개와 연기 같은 것.
송뢰(松籟) : 솔바람 소리. 소나무 잎 사이로 바람이 빗겨가는 물소리 같은 것.

5. 대곡산장의 정취

　　가을 어느 날 초대를 받아 가평(加平) 대곡리산장에서 하룻밤을 자고 정감
이 있어 지었다

흥이 일면 가만히 읊고
한가하면 잠을 잔다

적막한 시냇물과 산
푸른 안개가 자욱한데

고요한 경계 그윽한 정취
누가 헤아려주겠는가?

멀리 들리는 솔바람이
거문고 소리 같구나

(第41回 白塔詩社韻. 2005年 10月 27日)

6. 初春小白觀光 二題

癸未三月二十日 與宗員七八人 朝發漢城 過榮州佛影溪谷 到白巖溫泉一泊
翌日馳至平海越松亭 改揭吾先祖騎牛先生詩 及節齋金公白巖居士贊之板 歸路
作二絕

● 過佛影溪谷

深山殘雪草花稀
解凍溪流啼鳥飛
崖畔蒼松迎過客
馳車觀景不知歸

불영계곡(佛影溪谷) : 경북 울진군 근남면 행곡리(杏谷里)에서 서면 하원리(下院里) 불영사
(佛影寺)에 이르는 계곡. 모두 12km에 걸쳐 뛰어난 계곡의 아름다움을 지니고 있다.
기암절벽과 폭포는 물론, 굽한 여울과 깊은 연못, 울창한 수림들이 어울려 30여 개소
의 명소가 차례대로 펼쳐지는 유명한 관광명소이다. 불영사는 신라 진덕여왕(眞德女
王) 때 의상대사(義湘大師)가 창건한 사찰로 대소 12동의 가람이 배치되어 있고 그 주
변 일대에는 천연기념물인 굴참나무 숲이 울창하다.

6. 첫봄에 소백산을 관광하다 2수

계미년(2003) 3월 20일에 종원 7, 8인과 함께 아침에 서울을 출발하여 영주(榮州) 불영계곡(佛影溪谷)을 거쳐 백암온천(白巖溫泉)에 도착하여 하룻밤을 잤다. 이튿날 평해(平海)로 달려가 월송정(越松亭)에서 우리 선조 기우선생(騎牛先生)의 시(詩)와 절재김공(節齋金公)의 백암거사찬(白巖居士贊)의 판각을 고쳐서 걸었다. 돌아오는 길에 절구 2수를 지었다.

● 불영계곡을 지나며

깊은 산에 눈雪이 남아
풀과 꽃은 드물지만

얼음 풀린 계곡 물엔
새가 울며 날아간다

절벽 가에 푸른 솔은
지나가는 손 맞이하고

차 안에서 보는 경치
돌아감을 잊는다네

● 薄暮訪浮石寺

落日禪宮過客稀
無量殿上彩雲飛
谷風料峭春猶淺
老樹有巢棲鳥歸

부석사(浮石寺) : 경북 영풍군 부석면 봉황산(鳳凰山) 중턱에 위치한 사찰로 우리나라 화엄종(華嚴宗)의 근본도량이다. 676년(新羅 文武王 16) 의상조사(義湘祖師)가 왕명을 받들어 창건하고 화엄(華嚴)의 큰 가르침을 펴던 곳으로 이 절 창건에 얽힌 의상대사와 선묘(善妙) 아가씨의 애틋한 사랑의 설화는 유명하다. 1016년(高麗 顯宗 7)에 원융국사(圓融國師)가 무량수전(無量壽殿)을 증창하였고, 1376년(高麗 禑王 2) 원응국사(圓應國師)가 다시 증수한 후 이듬해에는 조사당(祖師堂)을 재건하였다. 또 경내에는 국보와 보물 등 국가문화재가 많고 안양문(安養門)·응향각(凝香閣) 등 건물문화재가 많기로도 유명하다.

무량수전(無量壽殿) : 부석사 경내에 있는 절간의 중심 건물로 우리나라에서 가장 오래된 고려 중기의 목조건축물이다. 국보(國寶) 제18호로 지정되어 있다.

● 해거름녘에 부석사를 찾아

해거름녘 절간엔
지나가는 사람 드물고

무량수전無量壽殿 위로는
채색 구름이 날아간다

골짜기 바람 차가우니
봄은 아직 얕은데

고목에 둥지를 찾아
깃드는 새 돌아오네

(第27回 白塔詩社韻. 2003年 5月 22日)

7. 拜心山先生墓 六月 五日

是日 成均館大教授諸彦 心山思想研討會終了後 告由於先生墓前 余偶然同參

先生幽宅老松靑
後學不禁尊慕情
愛國誠心千古鏡
重磨必有永年明

심산(心山) : 유학자이고 독립운동가인 김창숙(金昌淑, 1879~1962) 선생의 아호이다. 자는 문좌(文佐)이고 다른 호는 벽옹(躄翁)이며 본관은 의성(義城)인데 경북 성주(星州) 출신 이다. 어려서 유학을 배워 문장에 능하였고 1909년에 성명학교(星明學校)를 창립, 육영 사업에 헌신했다. '을사오적매국성토상소사건(乙巳五賊賣國聲討上訴事件)'으로 피체되 어 옥고를 치른 후 3·1운동이 일어나자 해외 망명을 결심하고 유림 대표들이 서명 한 파리만국평화회의에 보내는 유림단 진정서를 가지고 상해로 건너갔다. 이어 상해 임시정부 의정원 의원이 되어 부의장에 당선되는 등, 광복운동에 분투하다가 일본 관 헌에 체포되어 14년형을 받고 대전형무소에서 복역했다. 해방 후 민주의원(民主議院) 의원을 지내면서 유도회(儒道會)를 조직, 재단법인 성균관(成均館)과 성균관대학교를 창립, 초대 총장을 역임했다. 6·25 후 이승만 대통령 하야 경고문 사건으로 구금되어 고초를 당하다가 노환으로 별세, 사회장(社會葬)으로 장사지냈다. 대한민국 건국공로 훈장 중장(重章)을 받았다. 성균관대학교 교정에는 선생의 동상이 세워졌고 후배 교수 들에 의하여 심산사상연구회(心山思想研究會)가 조직되어 해마다 기념 행사와 아울러 학술회의를 개최하고 있다.

7. 심산선생 묘소에 참배하고 6월 5일

이날 성균관대학교 교수 여러분이 심산사상연구회 토론회를 마치고 선생의 묘전에 고유를 하는데 나도 우연히 함께 참배하였다.

선생의 그윽한 무덤엔
늙은 소나무가 푸른데

후학들은 우러러 사모하는
마음 금할 수가 없구나

나라 사랑하는 정성이
천고의 거울과 같으니

거듭 갈고 닦는다면
반드시 오래도록 밝으리라

8. 高城乾鳳寺 九月 十七日

寺卽 壬亂時 四溟大師 募僧兵起義之處也 境內輓近 建義僧兵紀念館 是日行
開館式

倭酋叱咤若秋霜
起義山門動昊蒼
當日喊聲猶在耳
獻身救國偉勳長

건봉사(乾鳳寺) : 강원도 고성군 오대면 금강산에 있는 절. 신라 말기에 도선(道詵)국사가
개창하였고, 고려 말에 나옹(懶翁)대사가 중수한 후 지금의 이름이 되었다. 임진왜란
때 사명(四溟)대사가 이 절에서 승병을 모집하여 창의(倡義)를 했으며 부처님 사리(舍
利)를 봉안하였다. 건물은 6·25 때 대부분 불타 없어졌으며 현재의 가람은 70년대 이
후 복원 중창한 것이다. 근래에 사명당의승병창의기념관(四溟堂義僧兵倡義記念館)이
건립되었다.

사명대사(四溟大師) : 유정(惟政, 1544~1610)을 일컫는다. 조선 선조(宣祖) 때의 고승으로 속
성은 임씨(任氏), 자는 이환(離幻), 호는 송운(松雲), 종봉(鍾峰) 또는 사명당(四溟堂), 시
호는 자통홍제존자(慈通弘濟尊者)이며 경남 밀양 출신이다. 13세에 직지사(直指寺)에
들어가 신묵화상(信黙和尙)에게서 계(戒)와 선(禪)을 받아 중이 되었고, 1575년(宣祖 8)
에 묘향산(妙香山)에서 서산대사(西山大師)로부터 의발(衣鉢)을 계승하였다. 임진왜란
때 금강산에 있으면서 승병을 모집하고 의병을 거느려 순안(順安)에서 스승 서산대사
휘하에서 왜적을 물리쳤다. 드디어 승군도총섭(僧軍都總攝)이 되어 평양성을 수복하는
데 큰 공을 세웠고, 1594년(宣祖 27)에는 왜장 가토(加藤淸正)의 진중으로 세 차례나
왕래하면서 화의와 담판을 이끌었다. 1604년(宣祖 37)에는 국서(國書)를 받들고 일본에
가서 도쿠가와(德川家康)를 만나 강화를 맺고 전쟁 때 포로로 끌려간 우리나라 사람
3,500명을 데리고 이듬해에 돌아왔다. 만년에는 가야산(伽倻山)에 들어가 67세의 세수
(世壽)로 입적하였다. 저서로『사명집(四溟集)』과『분충서난록(奮忠紓難錄)』이 있다.

8. 고성 건봉사에서 9월 17일

절은 곧 임진왜란 때 사명대사(四溟大師)가 승병을 모아 의병을 일으킨 곳
이다. 경내에는 근래 '의승병기념관'을 건립했는데 이날 개관식을 거행했다.

왜적 장수 큰 소리로
꾸짖음이 추상 같았고

절에서 의병을 일으키니
하늘이 감동했네

그날의 우렁찬 함성
아직 귀에 쟁쟁하거늘

나라 위해 몸을 바친
위대한 공 영원하리

9. 晚秋歸鄉登嶺南樓 十一月 五日

百尺危樓十月天
曲欄徙倚俯澄淵
離鄉卅載多懷想
寂寞交遊嘆暮年

영남루(嶺南樓) : 보물 제147호인 밀양영남루(密陽嶺南樓)를 가리킨다. 밀양시 내일동 응천
강(凝川江)가 절벽 위 경치 좋은 곳에 자리 잡고 있다. 본래 이곳은 신라 시대 영남사
(嶺南寺) 옛터였으나, 고려 공민왕(恭愍王) 때인 1365년에 김주(金湊)가 밀양의 지군(知
郡)으로 와서 그전부터 있어온 누각을 철거하고 규모를 크게 하여 창건한 건물이다.
조선조 때는 밀양부의 객사(客舍)인 밀주관(密州館)에 딸린 연회(宴會) 장소로 사용되었
다. 좌우로 날개처럼 붙은 능파각(凌波閣)과 망호당(望湖堂) 사이는 층계로 된 월랑(月
廊)과 헌랑(軒廊)으로 연결하였다. 지금의 건물은 조선 헌종(憲宗) 때에 불타버린 것을
그 2년 후인 1844년(憲宗 10)에 부사 이인재(李寅在)가 재건한 것이다.
위루(危樓) : 높다랗게 솟은 누각.

9. 늦가을 고향으로 돌아가 영남루에 오르다
11월 5일

아득히 솟은 높은 누각
시월의 하늘이라

굽은 난간에 기대어
맑은 물을 내려다본다

고향 떠난 지 삼십 년에
그리운 생각이 많지만

사귀던 벗 소식 없으니
늙은 나이가 한스럽네

10. 冬日尋百潭寺 十二月 十六日

昔日 卍海韓龍雲先生 住錫於此寺 多有名詩及著述也

清幽洞壑映寒天

曲曲層巖帶碧淵

路入山門塵外境

詩僧遺迹憶當年

백담사(百潭寺) : 강원도 인제군 북면 용대리에 있는 내설악(內雪岳)의 대표 사찰이다. 신라
　　진덕여왕(眞德女王) 때 창건되었으나 그 후 수없이 화재를 만나 사찰의 역사가 많이
　　인멸되었다. 근대에 한용운(韓龍雲)이 이 절에서 수도하면서 「님의 침묵」 등 애국시를
　　지은 곳이기도 하다.

시승(詩僧) : 여기서는 만해(卍海) 한용운(韓龍雲, 1879~1944)을 가리킨다. 시인·독립운동가
　　로서 충남 홍성(洪城)에서 태어나 6세 때부터 한학(漢學)을 공부했고, 28세 때 불문
　　에 들어가 중이 되었다. 1908년 일본에 가서 신문물을 시찰하고 돌아왔으며 한일합
　　방을 당하자 국치(國恥)를 참지 못해 중국으로 망명, 의병학교와 독립군 양성에 힘
　　을 기울였다. 3·1운동 때 33인 민족대표로 참여하여 '독립선언서'를 발표하고 체포
　　된 후 3년 만에 출옥하였다. 1928년에는 신간회(新幹會) 창립에 참여하여 그 중앙집
　　행위원을 역임했으며, 1935년 이후에는 조선일보 지면에 논문과 문학작품을 발표하
　　는 등 활발한 창작 활동을 통해 지식인으로서의 면모를 과시하였다. 만년에 조국 해
　　방을 보지 못한 채 서울 성북동 심우장(尋牛莊)에서 병사하였다. 1962년 대한민국건국
　　공로훈장 중장(重章)을 받았다. 『불교유신론(佛敎維新論)』『불교대전(佛敎大典)』『님의
　　침묵』『흑풍』등 불교와 문학에 걸쳐 많은 저술을 남겼다.

10. 겨울에 백담사를 찾아서 12월 16일

지난날 만해(卍海) 한용운(韓龍雲) 선생이 이 절에 거주하여 유명한 시와 저술을 많이 남겼다.

맑고 그윽한 골짜기엔
차가운 하늘이 비치고

굽이굽이 벼랑과 바위엔
푸른 못이 어리었다

절에 들어가는 길은
속세 밖에 경계인데

시승이 남긴 자취
당시를 추억하게 하네

11. 雪夜一宿卍海村

臘雪無聲掩曉天
銀花凍合洞中淵
衰翁坐着名山裏
清淨乾坤更幾年

만해촌(卍海村) : 근년에 절 아래에 '만해마을'을 조성하여 박물관을 지었고, 한용운의 문학
　과 사상을 기리는 행사와 창작 지원을 하고 있다.
납설(臘雪) : 섣달에 오는 눈. 대개 큰 눈이 내리는 수가 많다.

11. 눈 내리는 밤 만해촌에서 하룻밤을 묵다

섣달 눈은 소리 없이
새벽 하늘 가렸는데

은빛 꽃이 얼어붙었네
골짜기 안 연못에도

쇠약한 늙은이가
명산에 앉았지만

맑고 깨끗한 세상
다시 몇 해나 볼까

(第31回 白塔詩社韻. 2003年 12月 25日)

12. 江華遺跡踏查 二題

● 訪寧齋李建昌先生古宅明美堂

堂在江華郡華道面沙器里 轍近其故址生家復元保存中

明美堂高面目新
先生捐館百餘春
至今應有魂靈在
日暮慇懃對後人

이건창(李建昌 : 1852~1896) : 조선조 말기의 문장가로서 자는 봉보(鳳朝)이고 호는 영재(寧
齋) 또는 명미당(明美堂)이며 전주인(全州人)이다. 1866년(高宗 3) 병인양요(丙寅洋擾)
때 강화(江華)에 있으면서, 성이 함락되고 프랑스 병정들이 쏟아져 들어와도 관원들이
모두 달아나 대적할 방도가 없자 울분을 참지 못해 약을 먹고 자결하였다. 15세에 문
과에 급제하였고 23세 때는 서장관(書狀官)으로 청나라에 가서 황각(黃珏) 등과 교제
하여 문장으로 이름을 떨쳤다. 24세에는 암행어사와 해주감찰사(海州監察使)·참판(參
判) 등을 역임했으나 크게 영달하지는 못했다. 향리 강화도에서 나고 자라 생을 마쳤
으며 저서로『명미당집(明美堂集)』과『당의통략(黨議通略)』등을 저술하였다.
명미당(明美堂) : 강화군 화도면 사기리(沙器里)에 있다. 이건창(李建昌)의 생가(生家)가 있었
던 곳으로 근래에 그 옛 자취를 찾아 본래의 모습대로 복원했다.
연관(捐館) : 살고 있던 집을 버린다는 뜻으로 귀인의 죽음을 이른다.

12. 강화 유적을 답사하다 2제

● 영재 이건창 선생의 고택 명미당을 찾아

명미당은 강화군 화도면 사기리(沙器里)에 있다. 근래에 그 옛터에 생가를
복원하여 보존하고 있다.

명미당이 훌륭하구나
면목이 새로워졌다

선생이 돌아가신 지
백 년 넘은 세월이지만

지금도 응당 혼령이
이 집에 계시리니

해거름녘에 은근히
후인들을 만나주시네

●初冬日暮詣霞谷鄭齊斗先生墓 十一月 二十七日

墓在江華郡鎭江山下霞谷故謂霞中 先生朝鮮朝中期陽明學宗師也

寂寞佳城伐草新

斜侵西日暖如春

江華宗碩歸天處

恰似霞中現道人

정제두(鄭齊斗, 1649~1736) : 조선조 후기의 큰 학자로 자는 사앙(士仰)이고 호는 하곡(霞谷)
이며 본관은 영일(迎日)이다. 어려서부터 학문에 뜻을 두어 특히 제자백가(諸子百家)에
통달했는데, 병사(兵事)·전곡(錢穀)·술수(術數)를 연구하여 정사에 참고하도록 건의
하기도 하였다. 한평생 과거를 보지 않았으나 숙종 때 천거를 받아 처음으로 육품(六
品)의 벼슬을 받았다. 그 후 대성(臺省) 방백(方伯)의 고위직을 받았지만 곧 사퇴하였
고 다만 몇 군데 군현(郡縣)을 맡아 좋은 정사를 펼쳐 이름을 얻었다. 만년에 강화도
(江華島)에 거주지를 정하고 양명학(陽明學)에 심취하여 후학들을 가르쳤으며, 그 학문
을 아들 정후일(鄭厚一)이 가학(家學)으로 전하였다. 88세의 고령으로 세상을 떠나니
영조(英祖)가 예우(禮遇)를 하였고 많은 사림(士林)들이 그를 존경하였다.『논어해(論語
解)』와『맹자설(孟子說)』이란 저술이 있다.
가성(佳城) : 무덤을 아름답게 표현한 말. 묘(墓)의 견고한 모양을 성(城)에 비유한 것.
종석(宗碩) : 학문에 있어 그 중심에 우뚝한 큰 학자. 석학(碩學)과 같은 뜻임.

● 첫겨울 해질녘에 하곡 정제두 선생 묘소를 찾아

11월 27일

> 묘소가 강화군 진강산(鎭江山) 아래 하곡(霞谷)에 있기 때문에 하중(霞中)이
> 라 하였다.

적막했던 산소에
벌초를 하여 새로운데

서녘 해가 비껴들어
봄날처럼 따뜻하네

강화 출신 큰 학자로
돌아가신 곳이라

안개 속에서 도인이
나타난 것 같구려

(第48回 白塔詩社韻. 2006年 12月 28日)

13. 訪禮林書院有懷佔畢齋先生 三月 二十九日

畢翁師道冠吾東
桃李盈庭起學風
多出靑藍鳴後世
仰瞻山斗妥靈中

예림서원(禮林書院) : 경남 밀양시 부북면 후사포리(後沙浦里)에 있는데 점필재(佔畢齋) 김
종직(金宗直)을 수향(首享)으로 하여 오졸재(迂拙齋) 박한주(朴漢柱)와 송계(松溪) 신계
성(申季誠)을 배향한 서원이다. 1868년(高宗 5)에 훼철이 되었으나 1971년에 복원하여
현재에 이르렀다. 경상남도 지방문화재 제79호로 지정되었다.

점필재(佔畢齋) : 김종직(金宗直, 1431~1492) 선생의 호로 필옹(畢翁)이라고도 하였다. 자는
계온(季昷) 또는 효관(孝盥)이고 본관은 선산(善山)이며 시호를 문간(文簡) 또는 문충(文
忠)이라 하였다. 문과에 급제한 후 여러 요직을 거쳐 성종(成宗) 때에 형조판서에 이르
렀다. 문장과 경술(經術)에 뛰어나 수백 인의 제자를 길렀는데 특히 한훤당(寒暄堂) 김
굉필(金宏弼) · 일두(一蠹) 정여창(鄭汝昌)과 같은 명유(名儒)가 배출되어 영남학파의 영
수로 추앙을 받았다. 사후에 무오사화(戊午士禍)로 인해 부관참시(剖棺斬屍)를 당하였
다. 저서로 『점필재집(佔畢齋集)』 『청구풍아(靑丘風雅)』 『동문수(東文粹)』 『이존록(彝
尊錄)』 등이 있다.

도리영정(桃李盈庭) : 준수한 제자가 그 문하에 가득하다는 뜻.

청람(靑藍) : "푸른 물감은 쪽에서 났지만 쪽보다 더 푸르다(靑出於藍而靑於藍)"라는 말을
줄인 것. 곧 제자가 스승보다 더 훌륭한 경우를 비유해서 쓰는 말이다. 여기서는 김굉
필 · 정여창과 같은 선정신(先正臣)이 그 문하에서 나온 것을 비유한 것이다.

산두(山斗) : 태산북두(泰山北斗)의 준말. 모든 사람에게 우러러 존경받는 사람을 일컬어 비
유한 것으로 여기서는 점필재선생의 훌륭한 학덕(學德)을 가리킨다.

13. 예림서원을 찾아 점필재선생을
그리워하다 3월 29일

점필재선생 스승의 도가
동방에선 으뜸이라

훌륭한 제자 뜰에 가득
학문의 바람 일으켰네

청출어람靑出於藍 많이 나와
뒷세상을 울렸으니

태산북두泰山北斗 우러러보며
편안하게 혼령 모셨구나

14. 訪石如之昌寧石洞故宅 五月 二十二日

名村膾炙更無疑
我石軒中長者誰
儒雅高風鄕國望
肯堂賢裔衆人師

我石軒：近代嶠南名碩成圭鎬公之堂號也

석여(石如) : 성균관대학교 명예교수이며 친일반민족행위진상조사위원회 위원장을 역임한 역
사학자 성대경(成大慶)의 아호이다. 창녕군 대지면 석동(石洞) 출생으로 아석헌공(我石
軒公)의 증손이다. 고향 마을엔 그가 태어나 자란 고택이 있는데 현재 경상남도 유형
문화재로 지정되어 있다.
긍당(肯堂) : 긍구긍당(肯構肯堂)과 같은 말로 부조(父祖)가 못다 이룬 사업을 그 자손이 이
어받아 성취함을 이른다.
어진 후손(賢裔) : 여기서는 아석헌의 증손인 성대경(成大慶)과 현손인 성기학(成耆鶴)을 가
리킨다. 특히 성기학은 현재 국내 굴지의 패션기업인 (주)영원무역(寧源貿易)의 경영주
로서, 선대의 뜻을 받들어 근래에 거액을 투자하여 고향 마을 석동의 아석헌을 비롯
한 고택(古宅) 십여 동(棟)을 중수한 뒤 면모를 일신하였다.

14. 석여의 창녕석동 고택을 방문하고 5월 22일

이름난 마을 좋은 평판
의문의 여지가 없거늘

아석헌 좋은 집에
덕 높은 이는 누구던가

훌륭한 선비 고상한 풍도
향중의 명망名望이라

선업 이은 어진 후손도
뭇사람의 사표師表로다

아석헌(我石軒)은 근대에 영남에서 이름을 얻은 큰 선비 성
규호(成圭鎬) 공의 당호(堂號)이다.

15. 再登嶺南樓志感 二絶

(一)

高樓依舊邑城頭
今日登臨興莫收
變態江山消古色
空然搔首嘆悲秋

영남루(嶺南樓) : 앞 시 「만추귀향등영남루(晩秋歸鄕登嶺南樓)」(214쪽)의 각주 참조
읍성(邑城) : 밀양읍성을 가리킨다. 본래의 읍성은 1479년(成宗 10)에 축조되었는데, 임진왜
　　란 때 불타고 무너져 없어졌으나 근래에 이르러 동쪽 아동산(衙東山)을 중심으로 일부
　　유구(遺構)를 복원하여 읍성의 모습을 갖추었다.

15. 다시 영남루에 올라 2수

(1)

높은 누각은 옛날처럼
읍성 머리에 솟았는데

오늘 올라와 내려다보니
흥취를 거둘 수 없네

양상이 변한 강과 산에
옛 경색이 사라졌으니

공연히 머리 긁적이고
슬픈 가을을 탄식한다

(二)

名流題詠在樓頭
昔日風光不盡收
更憶情人何處去
暮雲歸掩故山秋

명류(名流) : 명성(名聲)이 세상에 널리 퍼진 인물. 명망(名望)이 높은 선비. 명사(名士)의 무
   리.
제영(題詠) : 제목을 정해놓고 시가(詩歌)를 짓는 일 또는 그 시가. 명승지 또는 이름 있는
   누대정사(樓臺亭榭)에 명사들의 시문(詩文)을 청하여 새겨 걸어둔 편액(扁額)을 이름.

(2)

명사들이 짓고 읊은 글
누각 머리에 걸렸지만

옛날의 아름다운 경치
다 거둘 수가 없노라

다시 그리워지는 정다운
사람들 어디로 가고

저녁 구름 되돌아오며
고향 산천 가을을 덮네

(第53回 白塔詩社韻. 2007年 10月 25日)

16. 夏日石南寺消遣

寺在安城郡瑞雲面瑞雲里 新羅古刹也 周邊繞以巖壑澗流 其景色秀麗而靜謐

遠到山門浴澗川
端心合掌謁金仙
清閑淨域無邪氣
谿谷寒聲響洞天

석남사(石南寺) : 경기도 안성시 서운면 상중리에 있는 고찰. 그 창건은 신라 문무왕(文武
王) 때라 하며 고려 시대를 거쳐 조선조 초기에는 한때 자복사(資福寺)로 일컬어졌
다. 임진왜란 때 불타버린 것을 중건했으나 1725년(英祖 1)에 대웅전(大雄殿)·영산
전(靈山殿)·금광루(金光樓) 등을 고쳐 지어 현재에 이르고 있다. 서운산(瑞雲山)에서
흘러내리는 계곡이 깊고 물이 맑아 청정도량(清淨道場)으로서 조건을 갖춘 아담한
사찰이다.
금선(金仙) : 부처. 본래 불신(佛身)은 금빛이 나며 생사를 초월한다는 뜻에서 이른 말.

16. 여름날 석남사에서 소일을 하며

석남사는 안성군 서운면 서운리에 있는 신라의 고찰이다. 바위 골짜기와 산골에서 흐르는 물에 둘러싸여 그 경치가 수려하고 고요하다.

멀리서 산문에 다다라
산골 물에 목욕하고

단정한 마음 합장하며
부처님을 뵈옵는다

한가롭고 깨끗한 구역
사악한 기운 없으니

계곡의 차가운 물소리
깊은 골짜기를 울리네

(第57回 白塔詩社韻. 2008年 8月 28日)

17. 禮山紀行 二題

● 訪修堂先生故宅及記念館 五月 十四日

修翁故宅老松香
三代勳功百世光
賢裔多年謀肯構
翼然華館聳儒鄉

수당기념관(修堂記念館) : 수당(修堂) 이남규(李南珪, 1855~1907) 선생의 기념관으로 예산군 대술면 상항리에 있다. 조선조 말기 일제 침략의 위기에 맞서 나라의 독립을 위해 앞장선 선생이 태어나 성장하고 독립운동을 도모한 곳에 세워진 한식(韓式) 대형 건물이다. "선비는 죽일 수는 있어도 욕보일 수는 없다(士可殺 不可辱)"고 한 선생의 고귀한 정신을 널리 알리고 계승 보존하기 위해 그 일대기와 함께 선대 유물, 고문서 등을 전시하였다. 선생은 고종(高宗) 때 문과에 급제한 후 벼슬이 참판(參判)에 이르렀으나, 일제의 온갖 회유에도 끝내 굽히지 않고 결국 그 아들 및 충복(忠僕)과 함께 아산(牙山)의 냇가에서 왜경의 잔인한 칼날 아래 순국하였다.

삼대훈공(三代勳功) : 수당선생이 1962년에 대한민국 건국훈장독립장을 추서(追敍)한 데 이어, 1990년에는 선생과 함께 순국한 맏아들 유재(唯齋) 이충구(李忠求, 1874~1907)가 건국훈장 애국장을 받았으며, 언론을 통한 항일운동의 공적으로 손자인 평주(平洲) 이승복(李昇馥, 1895~1978) 역시 건국훈장 애국장을 받아 3대가 나란히 가문을 빛냈다.

현예(賢裔) : 현명한 후손이라는 뜻. 여기서는 수당선생의 증손인 이문원(李文遠)을 가리키는데 그는 중앙대학교 교수와 독립기념관장을 역임한 교육학자로서 2009년에 당국의 지원을 받아 수당기념관을 준공, 운영하고 있다.

17. 예산 기행 2제

● 수당선생 고택 및 기념관을 방문하고 5월 14일

수당선생 옛집에는
늙은 소나무의 향기

삼대에 걸친 공훈이라
백대百代에 이른 광영이네

어진 후손 여러 해 동안
선대 사업을 도모하니

산뜻하게 아름다운 집
유림의 고을에 우뚝하다

● 訪秋史記念館及故宅與山所 五月 十四日

秋老風標翰墨香
一堂依舊自流光
蒼然古色生家近
幽宅添輝藝術鄕

추로풍표(秋老風標) : 추사(秋史) 김정희(金正喜, 1786~1856) 선생의 훌륭한 인품과 풍채 또
는 그 한묵(翰墨)이라는 뜻. 선생의 본관은 경주(慶州)이고 충남 예산(禮山) 출신이다.
자는 원춘(元春)이고 호는 완당(阮堂) 외에 170여 가지를 썼다. 24세에 문과에 급제, 벼
슬이 병조판서(兵曹判書)에 이르렀고 젊은 시절 아버지를 따라 중국 연경(燕京)에 가
서 완원(阮元)·옹방강(翁方剛) 등 당세의 명망가들과 어울려 문학과 필한(筆翰)을 활
발하게 교류하였다. 1840년부터 각종 정치적 사건에 연루되어 13년간이나 유배 생활을
했는데, 귀양지에서도 금석(金石)·도서(圖書)·시문(詩文)·전예(篆隸)·묵화(墨畵)에
뛰어난 기법을 연구하여 필경 추사체(秋史體)라는 독창적인 필법으로 역사에 이름을
얻었다. 『완당집(阮堂集)』 『금석과안록(金石過眼錄)』 등 많은 저술과 서화작품도 남겼
다. 추사의 출생지인 예산 지역에는 신안면 용궁리에 충남 유형문화재 제43호인 추사
고택(秋史古宅)과 김정희의 묘 그리고 최근에 건립한 추사기념관 등의 유적이 있다.
한묵(翰墨) : 붓과 먹을 말하지만 광의로는 서화(書畵)와 문학(文學)을 일컫기도 한다.

● 추사기념관 및 고택과 산소를 찾다 5월 14일

추사선생 훌륭한 인품
문학과 글씨의 향기

옛날처럼 한집에 모으니
저절로 빛이 흐른다

고색도 창연하구나
태어난 집 가까우니

무덤에도 빛남이 더해
예술의 고장이라네

(第62回 白塔詩社韻 2009年 6月 25日)

18. 秋日訪茶山遺蹟地

天高江潤好風光
十里青郊稻穗香
茶老舊居探訪路
楊州草色宛秋凉

다산 유적지(茶山遺蹟地) : 경기도 남양주시 조안면 능내리(陵內里) 한강 주변에 다산(茶山) 정약용(丁若鏞, 1762~1836) 선생의 생가인 여유당(與猶堂)을 중심으로 조성된 유적지이다. 다산선생의 생존 당시에는 광주군 초부면 마현리(馬峴里)로 흔히 '마재'라고 했는데, 경역 안에는 다산선생의 묘소(墓所)와 그 사당인 문도사(文度祠) 등 유적 외에, 실학박물관(實學博物館)·다산문화관(茶山文化館) 등이 조화롭게 배치되어 역사 교육 문화 자연생물 학습의 장소로 활용되고 있다. 최근에 경기도기념물 제7호로 지정되었다.

다로구거(茶老舊居) : 다산선생의 옛집으로 여유당(與猶堂)을 가리킨다. 선생은 이 집에서 태어나 어린 시절을 보냈고 28세 때 문과에 급제한 후 개혁군주 정조대왕(正祖大王)의 신임을 얻어 그 측근에서 요직을 거치며 그 왕업(王業)을 크게 도왔다. 특히 수원성(水原城)의 축조와 여러 과학기재의 제작·실용 등을 통해 획기적인 업적을 거두었으나, 정치적인 반대 세력의 끊임없는 모함에 시달리다가 끝내 강진(康津) 유배 19년의 세월을 보내게 되었다. 이 기간을 중심으로 선생은 평생 동안 『목민심서(牧民心書)』 『경세유표(經世遺表)』로 대표되는 모두 500여 권의 방대한 저술을 남겨 조선 후기 실학사상을 집대성하였고, 마침내 한국 최고의 실학자 개혁가로서 우리 역사상 우뚝한 존재로 평가되고 있다.

18. 가을에 다산 유적지를 찾아

하늘 높고 강이 넓어
햇빛과 바람이 좋은데

십 리에 뻗친 푸른 들판
벼이삭의 향기로다

다산선생 옛집을 찾아
방문하는 길섶이라

양주 고을의 풀빛이
서늘한 가을 완연하네

19. 實學博物館志感

九月二十五日 爲祝賀金時鄴教授實學博物館長就任 與竹夫石如東湖星宇諸
益 同行經由八堂湖 訪問茶山遺蹟地

馬峴猶堂照瑞光
先生杖屨永遺香
收藏舊物成華館
斯學從今免寂凉

실학박물관(實學博物館) : 2008년에 경기도문화재단에서 다산 유적지 안에 개관하였다. 실
학사상에 관한 자료의 수집·연구·교육 및 전시를 통해 조선 후기 실사구시(實事求
是)의 신학풍의 출현 배경과 그 내용을 이해하는 데 이바지하기 위해 창설되었다. 상
설 전시실에서는 실학의 형성과 전개, 실학과 과학 등 사상 전반을 체계 있게 보여주
며, 해마다 두 차례의 특별기획 전시회도 개최하고 있다.
마현유당(馬峴猶堂) : 마재(馬峴)에 있는 여유당(與猶堂)이라는 뜻으로 다산선생의 고택(古
宅)을 말한다. 본래의 생가는 1925년 여름에 을축년대홍수(乙丑年大洪水)로 유실된 것
을 1986년에 원형대로 복원하였다.
장구(杖屨) : 지팡이와 짚신(신발)이라는 뜻으로 웃어른의 소지품을 가리킨다.
사학(斯學) : 이 학문. 숭상하기에 족한 학문. 여기서는 실학(實學)을 가리킴.

19. 실학박물관에서 감회를 적다

9월 25일에 김시업(金時業) 교수의 실학박물관 관장 취임을 축하하기 위해 죽부(竹夫)·석여(石如)·동호(東湖)·성우(星宇) 등 여러 벗들과 동행하여 팔당호를 거쳐 다산 유적지를 방문하면서 짓게 되었다.

마재(馬峴)의 여유당엔
상서로운 광채가 비치고

선생이 남기신 자취
영원한 향기를 남겼더라

옛 물건 거두어 보존하는
화려한 집을 이루니

실학의 보급! 이제부터
쓸쓸함을 면할 수 있겠네

(第70回 白塔詩社韻. 2010年 10月 28日)

20. 初冬偶逢故友登光敎山

邂逅高朋憶舊情
日和曳杖共山行
交談往事歡無盡
啼鳥林間求友聲

광교산(光敎山) : 경기도 수원(水原)의 동·서·북쪽의 삼면을 둘러싼 구릉 형태의 기복이
　　낮은 산맥이다. 때문에 옛날에는 이를 중심으로 견고한 수원성(水原城)을 쌓아 서울
　　도성(都城)을 방위하는 4진(鎭)의 하나로 삼았다. 근래에는 인근 지역 도시 개발의 여
　　파로 시민들의 등산 휴양지로 각광받고 있으며, 용인(龍仁)에서는 서쪽으로 20리, 산맥
　　동쪽 기슭에 최근 광교 신도시를 조성하기도 했다.
해후(邂逅) : 우연히 만나는 것. 뜻하지 않게 마주치는 것.
구우성(求友聲) : 벗을 구하는 소리. 여기서는 새들이 제 짝을 찾거나 무리를 불러모으기
　　위해 지저귀는 소리.

20. 첫 겨울에 옛 친구를 우연히 만나
광교산에 오르다

훌륭한 벗 우연히 만나
옛정을 추억하며

화창한 날 지팡이 끌고
함께 산행을 하네

지난 일 서로 얘기하니
즐거움이 끝이 없는데

수풀에서 새가 우네
벗을 부르는 소리처럼

(第71回 白塔詩社韻. 2010年 12月 30日)

21. 實惠白淵

白淵在密陽實惠山中麓　密州誌曰瀑布落石凹爲淵　形如碓臼故名　世傳有龍
深不可測 天旱時太守 憂民祈雨之所也

玉水飛泉百尺深

俗傳淵有一龍沈

旱天祈雨憂民處

隔世猶知太守心

실혜산(實惠山) : 밀양시 산내면 삼양리(三陽里) 동북쪽 뒷산으로 주봉(主峰)의 높이 1,240m
　　이다. 경남의 밀양과 울주(蔚州), 경북의 청도(淸道) 등 2도 3군의 경계 지점에 있는데
　　가지산(迦智山)·천화산(穿火山)·시례산(詩禮山)이라고도 한다. 서남쪽에 구연(臼淵)이
　　라는 폭포가 있고 옛날부터 고을의 기우소(祈雨所)로 유명하였다.
옥수비천(玉水飛泉) : '구슬과 같은 맑은 물줄기를 뿜어내는 샘'이라는 뜻으로 구연폭포(臼
　　淵瀑布)의 아름다움을 형용한 말이다.
한천기우(旱天祈雨) : 가뭄이 심할 때 비 내리기를 기도하는 행위. 실지로 시례 호박소(臼
　　淵) 가에는 옛날 밀양 고을 태수(太守)의 기우소가 있었고 이에 대하여 그 허탄(虛誕)
　　함을 꾸짖은 점필재(佔畢齋)선생의 오언고시(五言古詩)가 있다.
태수(太守) : 조선 시대의 지방관 곧 군수(郡守) 또는 부사(府使)를 달리 이르는 말.

21. 시례 호박소에서

　'호박소(臼淵)'는 밀양 실혜산(實惠山) 중간 기슭에 있다. 『밀주지(密州誌)』
에 이르기를 "폭포의 물이 떨어지는 돌 웅덩이가 못을 이루었는데 형상이 마
치 방아의 호박과 같다" 하여 이름이 되었다. 세상에 전해오기를 "용(龍)이
잠겨 있고 그 깊이를 잴 수 없다 하며, 가뭄이 심할 때 태수가 백성을 걱정하
여 비를 비는 곳"이라 하였다.

맑은 물 폭포로 떨어지니
일백 척의 깊이로다

못 속에는 한 마리 용이
잠겨 있다고 전해온다

가물 때에 비를 빌며
백성을 걱정하던 곳

시대는 달라도 태수의
마음은 알아야 하느니

(第75回 白塔詩社韻. 2011年 8月 25日)

22. 憶照丹觀海

照丹 江華島海濱地名 去年 探訪與木曜會師友 於濱有一茶亭 觀西海閑談小
憩而歸

清秋景物誘吾情

最好江都望海平

晏坐茶亭談笑裡

居然斜日彩雲橫

조단(照丹) : 강화도 화도면 장화리(長花里) 해변에 있는 지명인데 서해낙조(西海落照)의 경
    관으로 유명한 곳.
강도(江都) : 강화도(江華島)의 다른 이름. 1232년(高麗 高宗 19)에 당시 개경(開京)에 있던
    고려 정부가 몽고(蒙古)의 침략에 대항하기 위해 천도(遷都)한 이래, 1270년(高麗 元宗
    11)까지 39년간 고려의 임시 왕도가 되었다는 데에서 생긴 지명.
안좌(晏坐) : 마음을 편안하게 하여 앉아 쉰다는 뜻.
거연(居然) : 어떤 사물에 동요되지 않고 편안한 모양. 혹은 있는 그대로의 평상심(平常心)
    같은 것.
목요회(木曜會) : 목요일의 모임. 여기서는 벽사(碧史)선생을 중심으로 8, 9인의 뜻이 맞는
    벗들이 매주 목요일마다 만나서, 점심식사를 함께 하며 학술과 담론을 교환하는 모임
    을 일컫는데 시작한 지 이미 20여 년을 훌쩍 넘겼다.

246   晩歲餘情集

22. 조단에서 바다 본 것을 추억하다

조단(照丹)은 강화도 바닷가의 지명이다. 한 찻집이 있어 지난해에 목요회 스승과 벗들이 서해를 바라다보고 한담을 하며 잠깐 쉬다가 돌아왔다.

맑고 맑은 가을 경치
내 마음을 이끌었지만

강화에서 바라다본
바다가 가장 좋았다

찻집에서 편안히 앉아
담소를 나누는 속에서

예사롭게 기우는 해에
채색 구름이 가로놓였지

(第76回 白塔詩社韻. 2011年 10月 28日)

23. 再訪平海越松亭

平海 吾先祖文節公謫居外鄉也 每月夜 白巖山下 飛良洞越松亭間 騎牛往來
游賞

嶺東迢遞舊山川

千古松亭帶瑞煙

往世吾先遊歷處

追懷風節仰靑天

영동(嶺東) : 소백산 새재(鳥嶺)을 경계로 그 동쪽 지역을 말한다. 동해에 면한 강원도 일대
　　를 일컫는 지명. 남쪽을 영남(嶺南), 서쪽을 영서(嶺西)로 구분한 것과 같다.

초체(迢遞) : 아득히 먼 모양.

송정(松亭) : 소나무 정자. 여기서는 평해(平海) 월송정(越松亭)을 줄인 이름.

문절공(文節公) : 필자의 20대조 기우자(騎牛子)선생의 시호(諡號). 문절공의 휘는 행(行), 자
　　는 주도(周道), 호는 기우자(騎牛子) 외에 백암거사(白巖居士) 또는 일가도인(一可道人)
　　이라 했다. 약관(弱冠)의 나이로 문과에 급제한 후 여러 요직을 역임한 끝에, 고려 말
　　에는 대제학(大提學)을 거쳐 이조판서(吏曹判書)에 이르렀다. 조선조 초기에도 고려 때
　　중신임을 감안하여 여러 차례 높은 벼슬을 내렸으나 이를 모두 사양한 채, 강음별서
　　(江陰別墅)에 은퇴하여 고려 유신으로서 절의를 지켰다. 그러나 이로 인해 『고려사(高
　　麗史)』 사초(史草) 개찬(改撰)에 불응한 죄로, 외가향인 평해(平海)에서 귀양살이를 했
　　다. 이때 나라실(飛良谷)과 월송정 사이를 소를 타고 왕래하며 소요자적한 자취가 많
　　이 남아 있다. 저서로 『기우자집(騎牛子集)』이 있고 「전제소(田制疏)」와 「간첩설관직
　　소(諫添設官職疏)」 등의 글이 유명하다.

23. 평해 월송정을 다시 찾아

평해(平海)는 우리 선조 문절공(文節公)이 귀양살이하며 사시던 외가 고을
이다. 백암산 아래 나라실(飛良洞)과 월송정 사이를 소를 타고 왕래하면서 노
니시던 곳이다.

영동은 아득하게 먼
옛날의 산천이라

오래된 월송정에도
상서로운 안개 서렸구나

지나간 시절에 우리 선조
유람을 하며 지내신 곳

풍절을 그리워하며
푸른 하늘 우러러본다

24. 遊永宗島及龍遊島 二題

近日 與兒孫輩同行 遊於永宗島及龍遊島海岸觀光別區 而海濱有豪華賓館一宿而歸 時觀西海落照及海水浴場之風光 有感二絶

● 觀西海落照

萬里滄溟首夏凉
水天一色彩雲長
西斜日脚清風起
無數飛帆過夕陽

영종도(永宗島) : 인천광역시 중구(中區)에 속한 큰 섬으로 인천국제공항이 자리 잡은 곳이다. 근래에 서남쪽에 인접한 옛 옹진군(甕津郡)의 용유도(龍遊島)와 함께 섬 전체가 관광특구로 개발되어 해수욕장과 요트 경기장 등 위락 시설이 들어섰다.

호화빈관(豪華賓館) : 크고 화려한 호텔. 빈관(賓館)은 호텔의 중국식 표현. 여기서는 최근 용유도 을왕리에 새로 건립한 골든스카이 리조트라는 대형 호텔을 말한다.

서해낙조(西海落照) : 옛날 용유도팔경(龍遊島八景)의 하나로 '서해로 떨어지는 저녁 해'를 일컫는데 지금도 그 경색이 장관이다.

일각(日脚) : 햇발 또는 햇살.

비범(飛帆) : 돛단배가 날아가듯 빨리 가는 것. 여기서는 을왕리 해변에 조성한 국제 요트 경기장에서 수많은 요트가 바람을 타고 달려가는 광경을 형용한 것.

24. 영종도와 용유도에서 놀며 2제

근간에 아들 손자들과 동행하여 영종도(永宗島) 및 용유도(龍遊島)의 해안 관광 별구에서 유람을 했는데, 바닷가에 있는 크고 화려한 호텔에서 하룻밤을 묵고 돌아왔다. 이때에 서해낙조(西海落照)와 해수욕장의 풍광을 보고 느낌이 있어 두 수의 절구를 지었다.

● 서해에 해 지는 것을 보고

머나먼 푸른 바다에
첫여름이 시원하다

물과 하늘이 한 빛이라
채색 구름도 길게 뻗었네

서쪽으로 기운 햇빛
맑은 바람 일어나고

무수히 날아다니는 배
석양 속으로 지나가네

● 望海水浴場

松陰箕坐引淸凉
海岸金砂十里長
行客狎鷗游泳樂
孤舟遠去入斜陽

송음기좌(松陰箕坐) : 소나무 그늘에서 두 다리를 쭉 뻗고 앉아 편하게 쉬는 것.
압구(狎鷗) : 바다 갈매기와 가까이에서 익숙한 사이가 되는 것.
유영락(遊泳樂) : 헤엄치며 노는 즐거움.

● 해수욕장을 바라보며

소나무 그늘 편안히 앉아
맑고 시원함을 당긴다

바닷가 금모래 밭이
십 리에 뻗어 길었구나

나그네도 갈매기 따라
헤엄치며 즐기는데

외로운 배 멀리 가며
석양 속으로 들어가네

(第80回 白塔詩社韻. 2012年 6月 28日)

25. 日暮快走仁川大橋

大橋 自仁川松島國際都市 至永宗島國際空港間 海上架設斜張橋也 近年以
尖端工法 爲竣工開通 而其長近五十里之距離 旬餘前孫女兒 康銀 自美洲歸國
時 往空港 有橋上快走之事

西海茫茫夕照紅

斜長一路架空中

馳車水上如飛鳥

滿目滄波舞晚風

사장일로(斜長一路) : 비스듬하게 길게 놓인 길. 여기서는 서해 바다 가운데 비스듬하고 길
　게 가설된 인천대교가 뻗어 있는 모습.
만목창파(滿目滄波) : 눈에 보이는 것은 푸른 바다의 물결뿐이라는 형용.

25. 해거름녘에 인천대교를 시원하게 달리다

대교는 인천송도국제도시에서 영종도 국제공항 사이 바다 위에 가설된 사장교(斜長橋)이다. 근년에 첨단공법으로 준공 개통했는데 그 길이가 근 오십 리이다. 10여 일 전에 손녀아이 강은(康銀)이 미국에서 귀국할 때 공항으로 가면서 다리 위를 유쾌하게 달려본 일이 있다.

서쪽 바다 아득히 멀어
넘어가는 해가 붉어

비스듬하게 진 한길
허공 중에 걸렸네

물 위로 차를 달리는 기분
날아가는 새와 같은데

눈에 가득 푸른 물결은
저녁 바람에 춤을 춘다

(第86回 白塔詩社韻. 2013年 6月 27日)

26. 訪江華傳燈寺

高麗忠烈王妃貞和宮主 以玉燈一座 施主於此寺 以來近千年傳之寺名因此也
背後有山城 其形如鼎足 一名三郎山城

千載傳燈繞瑞煙

山城鼎足好雲泉

整襟倦客淸香裏

合掌金堂主佛前

전등사(傳燈寺) : 인천시 강화군 길상면 온수리(溫水里)에 있다. 원래는 신라 때 진종사(眞宗
寺)라 했으나. 지금의 절은 1266년(高麗 元宗 7年)에 중창하였고 그 아들 충렬왕(忠烈
王)의 원비(元妃)인 정화궁주(貞和宮主)가 불전에 옥 등잔을 시주한 뒤부터 전등사(傳
燈寺)로 개칭하였다. 사찰의 뒷산을 정족산성(鼎足山城)이라 하는데 전설에 의하면 단
군(檀君)이 그의 세 아들에게 명하여 쌓았다 하여 삼랑산성(三郞山城)이라고도 한다.
성내에는 사찰 외에 양헌수승전비(梁憲洙勝戰碑), 고려가궐지(高麗假闕祉), 사고지(史庫
址) 등이 있다.
운천(雲泉) : 구름이 일고 샘이 솟는 곳. 경치 좋은 곳을 이르는 말.
정금(整襟) : 옷깃을 여미는 것. 단정하게 옷을 매만지는 것.
금당(金堂) : 금빛처럼 화려한 전당(殿堂). 여기서는 절의 본당(本堂)을 의미하며 본존불(本
尊佛)을 모시는 집.

26. 강화 전등사를 찾아

고려 충렬왕비인 정화궁주가 옥등(玉燈) 하나를 이 절에 시주한 뒤부터 천
년 가까이나 전하였으므로 이로 인해 절 이름이 되었다. 뒤편에 산성(山城)이
있으니 그 형상이 솥의 세 발과 같은데 일명(一名)을 삼랑산성이라 한다.

천년을 이은 전등사는
상서로운 안개 에워싸고

배후를 감싼 정족산성
아름다운 경치가 좋구나

옷깃 여민 지친 나그네
맑은 향기 퍼지는 속에

법당에 모신 부처 앞에
두 손을 모아 합장하네

27. 訪密陽阿娘祠

娘祠影幀獻春花
傳說幽篁尚頗多
歲歲鄉人追慕處
貞魂寂寞不歸何

아랑사(阿娘祠) : 밀양시 내일동 영남루(嶺南樓) 아래 대밭 속에 있는 아랑(阿娘)의 사당. 아
　랑은 조선조 초엽 밀양부사의 딸로 재색이 뛰어났는데, 어느 봄날 달 밝은 밤에 관아
　의 하급 관리에게 겁박을 당하게 되자 죽음으로 항거하여 절조를 지켰다는 전설(傳說)
　이 있다. 고을 사람들이 그 넋을 기리기 위해 오래전부터 사당을 세워 해마다 아랑이
　죽었다는 음력 4월 16일 밤에 제사를 받든다. 지금의 사당은 1969년에 중건(重建)한
　것으로 당시 대통령 영부인이 기증한 영정을 벽면에 안치하였다.
영정(影幀) : 화상을 그린 족자. 지금의 아랑사(阿娘祠) 영정은 1960년대에 조선조 말기 궁
　중화원(宮中畵員) 출신인 이당(以堂) 김은호(金殷鎬)가 주인공의 현숙한 자태를 상상하
　여 그린 것이다.
유황(幽篁) : 울창하고 그윽한 대숲.

27. 밀양의 아랑사를 찾아

아랑 사당 영정 앞에
화사한 봄꽃을 바치니

전설은 고요한 대밭에
오히려 파다하구나

해마다 고을 사람들이
못 잊어 그리워하는 곳

깨끗한 혼령 적막할 뿐
환생하지는 않는구려

(第91回 白塔詩社韻. 2014年 4月 24日)

28. 首夏長華山莊消遣

山莊仲兒所營會社之休養所 在江華郡和道邑長花里落照村

海岸松林石逕微

浪花翻弄白鷗飛

水天一色雲煙外

帆影隨風帶日歸

수하(首夏) : 첫여름. 초하(初夏) 또는 맹하(孟夏)와 같은 뜻.
소견(消遣) : 속된 생각을 버리고 기분을 푸는 일. 혹은 소일하는 것.
석경(石逕) : 돌이 많은 좁은 길.
낭화(浪花) : 물결이 서로 부딪쳐 생기는 하얀 꽃과 같은 물거품. 파도의 꽃.
번롱(翻弄) : 물결 같은 것이 번드치며 마음대로 희롱하는 모양.
범영(帆影) : 멀리 보이는 돛단배의 모습. 또는 그 배를 이름.

28. 첫여름에 장화산장에서 소일하다

　　산장은 둘째아이가 경영하는 회사의 휴양소이다. 강화군 화도읍 장화리(長花里) 낙조(落照)마을에 있다.

바닷가 솔밭 사이에
좁은 돌길 희미하고

파도의 꽃 번드치며
흰 갈매기 희롱한다

물과 하늘은 한 빛이라
구름 연기 바깥으로

돛단배가 바람을 따라
해를 받고 돌아오네

(第92回 白塔詩社韻. 2014年 6月 26日)

29. 過沂回松林志感

松林 在密陽山外面沂回里雲門川邊 數千株長松林立 亘十里蒼鬱 盛夏遠近
觀光客雲集 近者當局指定避暑休養地

十里松林憶舊遊
清漣濯足破塵愁
今年過此停車望
滌暑人波漾碧流

청련(淸漣) : 맑고 잔잔한 물결. 맑은 여울물.
탁족(濯足) : 발을 씻는다는 뜻으로 세속을 초탈함을 말함. 『맹자(孟子)』에 "창랑의 물이 흐
    리면 내 발을 씻을 만하다(滄浪之水濁兮 可以濯我足)"라는 구절이 있다.
진수(塵愁) : 세속적인 시름. 일상적인 걱정거리.
척서(滌暑) : 여름에 찌는 듯한 무더위를 씻음.
양벽류(漾碧流) : 푸른 물결이 넘실댄다는 뜻. 여기서는 푸른 흐름에 인파가 함께 늠실거리
    는 양상.

29. 기회 송림을 지나며 정감이 일어

　　　　송림은 밀양시 산외면 기회리(沂回里) 운문천 냇가에 있는데, 수천 그루의
긴 소나무가 숲을 이루어 십 리에 걸쳐 울창하다. 한여름에는 원근에서 관광
객이 구름처럼 모여들어 근자에는 당국에서 피서 휴양지로 지정하였다.

십 리에 걸친 송림은
옛날 놀던 일 생각나고

맑은 여울에 발 씻으면
속된 시름을 깨뜨린다

금년에도 이곳을 지나며
차를 세워 바라보니

더위 씻는 사람의 물결
푸른 흐름에 넘실댄다

　　　　　　　　　　　　　　(第93回 白塔詩社韻. 2014년 8월 29일)

五. 海外風情

해외여행에서 풍경과 정취를 읊다

1. 金剛紀行詩 六題

● 現代金剛號船上

五月三十日 與竹夫石如古邨諸益 陪碧史先生 爲金剛山探勝 乘船于東海 晚
向長箭港

乘昏巨艦白波生

向北長津海水平

五十年來償宿願

金剛港路夜燈明

금강호(金剛號) : 1998년 남북한의 합의에 따라 현대아산(주)에서 금강산 관광용으로 건조한
    1만 톤급의 관광유람선. 같은 회사 소속의 설봉호(雪峰號)와 함께 그해 11월부터 남한
    의 동해항(東海港)과 북한의 장전항(長箭港)을 번갈아 왕래하면서 운항했다.
장진(長津) : 장전항의 다른 이름.
오십년래상숙원(五十年來償宿願) : 1945년 일제(日帝)의 압제로부터 조국이 해방되었으나,
    곧 남북이 가로막혀 같은 민족이면서도 서로 왕래조차 하지 못한 답답한 세월 50여
    년의 숙원을 풀었다는 뜻.

1. 금강산을 유람하고 6제

● 현대금강호 배 위에서

　5월 30일 죽부(竹夫)·석여(石如)·고촌(古邨) 여러 벗들과 벽사선생(碧史先生)을 모시고 금강산 탐승 여행을 하였다. 동해항(東海港)에서 배를 타고 저녁에 장전항(長箭港)으로 향했다.

어둠을 타고 큰 배가
하얀 물결 일으키며

북녘 땅 장진을 향해 가니
바닷물도 평온하구나

오십 년이나 긴 세월
해묵은 소원을 갚느라

금강산 가는 뱃길엔
밤에도 등불이 밝구나

● 由神溪寺址觀玉流潭

　　五月三十一日 溫井里下車 小憩後由神溪寺址 入玉流洞 石逕崎嶇 潭水逶迤
甚可悅

雲根萬疊碧霞生

策杖神溪寺址平

隨谷奔流鳴動處

丹崖洞壑玉潭明

신계사지(神溪寺址) : 외금강 구룡연에 이르는 들머리에 자리 잡은 신라 고찰의 옛터. 신계
사는 유점사(楡岾寺)·장안사(長安寺)·표훈사(表訓寺)와 함께 금강산의 4대 명찰로 알
려졌으나, 6·25전란으로 건물이 모두 불타고 신라 때 3층 석탑만 남아 있다. 2007년
에 남측 불교 조계종(曹溪宗)의 도움으로 옛 모습이 복원되어 남북합동법회를 열고 평
화통일을 염원하는 도량이 되었다.

● 신계사 옛터를 지나 옥류담을 보고

5월 31일 온정리(溫井里)에 당도하여 잠깐 쉰 뒤에 신계사(神溪寺) 옛터를 거쳐 옥류동(玉流洞)에 들어갔다.

바위 봉우리 수없이 겹쳐
푸른 안개 이는데

신계사를 찾아드니
옛 절터만 평평하다

골짜기 따라 쏟아지는
물소리 울리는 곳

붉은 벼랑 푸른 절벽에
옥류담玉流潭이 맑구나

●俯上八潭

過玉流洞連珠潭飛鳳瀑 到九龍淵下 弔橋橫跨 從此危磴 鐵梯攀附 九井峰上
卽八潭眺望處也

千仞攀登灝氣生
九井峰上坐磐平
八潭俯瞰眞仙境
樵者藏衣傳說明

초자장의(樵者藏衣) : 나무꾼이 옷을 감추었다는 뜻. 우리나라 고대 설화의 하나로 '금강산
선녀 전설'을 말한다. 옛날에 노모와 단둘이 살던 나무꾼 총각이 나무를 하다가 포수
에 쫓기는 노루를 구해주었다. 그 공덕으로 금강산 산속 연못에서 목욕하던 선녀의
옷을 감추어 그 인연으로 아내를 삼고 아들딸을 낳아 잘 살고 있었다. 세월이 흐른
뒤에 나무꾼이 아내를 믿고 그만 날개옷(羽衣)을 훔친 사연을 고백하자, 그 아내가 날
개옷을 찾아 입고는 다시 선녀가 되어 하늘로 날아갔다는 줄거리의 전설이다. 상팔담
(上八潭)의 연못이 바로 그 전설을 간직한 곳이라 한다.

• 상팔담을 내려다보며

　　옥류동(玉流洞) · 연주담(連珠潭) · 비봉폭포(飛鳳瀑布)를 지나 구룡연(九龍淵)에 당도하니 아래쪽에 출렁다리(弔橋)가 옆으로 걸쳐 있고, 여기서부터는 높다란 비탈길에 쇠사다리를 부여잡고 올랐다. 구정봉(九井峰) 정상이 곧 팔담(八潭)을 내려다보는 곳이다.

천 길 더위잡고 오르니
맑은 기운이 상쾌하다

구정봉 꼭대기에
앉은 반석이 평평하구나

팔담을 내려다보니
참으로 신선의 경지

나무꾼이 옷을 감춘
전설이 명백하다네

•望九龍瀑

上八潭之水 屹立絶崖 飛流直下 其高百餘丈 瀑之右側石面 刻彌勒佛三大字

亂粉泡沫紫煙生

千丈飛泉白石平

萬斛眞珠龍沼入

剗崖大字霧中明

만곡진주(萬斛眞珠) : 만 석이나 되는 많은 진주알을 형용한 말인데, 구룡연(九龍淵) 깊은
　　늪으로 하얀 거품을 일으키며 쏟아져 들어가는 영롱한 물의 모양을 나타낸 것이다.
참애대자(剗崖大字) : 구룡연에 깎아지른 듯한 하얀 바위 석면(石面)에 새겨진 큰 글자 '미
　　륵불(彌勒佛)'을 가리킨다. 일설에는 이 글자를 근대의 명필인 해강(海崗) 김규진(金圭
　　鎭)이 썼다고 한다.

● 구룡폭포를 바라다보고

상팔담(上八潭) 아래쪽에는 깎아지른 절벽이 우뚝 섰는데, 폭포가 바로 떨어지니 그 높이가 백여 길이 넘는다. 폭포 오른쪽 석면(石面)에는 '미륵불(彌勒佛)'이란 세 글자가 새겨져 있다.

흘날리는 물거품에
붉은 안개 일더니

천 길을 흘러내린
하얀 반석이 널찍하다

일만 섬 진주알은
용의 늪에 빠져들고

벼랑에 새긴 큰 글자
안개 속에 밝았네

●海金剛喜酌

六月一日午前 自溫井里 走車東向 六十里許 到海金剛里 風光一覽後 暫憩於
海濱 時竹夫叔攜酒 巡杯小飮 望滄溟歎賞不已

天光水漾五雲生
擧酒扶桑望遠平
造化翁神移萬相
滄溟彼岸自開明

오운(五雲) : 오색구름. 선녀가 노는 곳으로 상서로움을 상징하는 말이다.
부상(扶桑) : 동쪽 바다에 해가 뜨는 곳. 중국의 전설에는 동쪽 바다 속에 신목(神木)이 있
　　고 그 신목이 있는 나라가 부상국(扶桑國)이라 하였다.
조화옹(造化翁) : 천지자연의 창조와 이치를 주관하는 조물주(造物主)를 이른다.
만상(萬相) : 오만가지 형상. 여기서는 금강산의 만물상(萬物相)을 의미한다. 만상(萬象)과
　　같은 말이다.

● 해금강에서 즐겁게 술잔을 돌리다

6월 1일 오전에 온정리에서 자동차로 달려 동쪽을 향해 60리쯤 되는 해금강에 당도했다. 풍광을 한 바퀴 돌아보고 바닷가에서 잠깐 쉬었다. 이때 죽부숙(竹夫叔)에게 술이 있어 잔을 돌려가며 조금씩 마시고는 푸른 바다를 바라보고 탄복을 해 마지않았다.

하늘 빛 출렁이는 물
오색구름이 피어나고

술잔 들고 부상의 나라
멀리 바라보니 평온하네

조물주의 신비한 솜씨
만물의 형상 옮겼는가

푸른 바다 저 물가에서
절로 밝음이 열려온다

● 蓮花臺上臨三日浦

　　自海金剛 路返歸五里許 至三日浦 湖周十餘里 四圍皆小山 有三十六峰 巖石
瑰奇 湖中小嶼 名曰臥牛 松杉鬱蒼 又湖之南岸 石壁上丹書刻之 述郎徒南石行
六字 云四仙遺跡

峰巒六六鏡湖生

三日忘歸仙界平

何處永郎留不識

丹書遺跡甚分明

삼일포(三日浦) : 강원도 고성군 해금강(海金剛)에 있는 호수. 관동팔경(關東八景)의 하나로
들레가 약 4.5km의 석호(潟湖)이며, 호안에 기암괴석과 요초(瑤草)가 많아 경승지로 유
명하다. 신라 때 영랑(永郎) · 술랑(述郎) · 남석랑(南石郎) · 안상랑(安祥郎) 등 네 국선
(國仙)이 호수 위에서 뱃놀이를 하면서, 그 절경에 취한 나머지 사흘이나 돌아갈 것을
잊었다 하여 이름을 얻었다고 한다. 호수 주변 언덕에 사선정(四仙亭) · 연화대(蓮花臺)
· 몽천암(夢天庵) 등의 정대(亭臺)가 있다.

● 연화대 위에서 삼일포를 내려다보고

　　해금강에서 5리쯤 되돌아가서 삼일포(三日浦)에 이르렀다. 호수의 둘레가
20리, 사방으로 모두 작은 산이 둘렸는데 서른여섯 봉우리가 있다. 암석이 아
름답고 기이하며 호수 가운데 작은 섬은 이름을 와우섬(臥牛島)이라 하는데
소나무와 삼(杉)나무가 울창하다. 또 호수의 남쪽 기슭에는 사선정(四仙亭)이
있다. 석벽(石壁) 위에는 붉은 글씨로 '슬랑도남석행(述郎徒南石行)'이라는 여
섯 글자를 새겼는데 네 신선이 남긴 자취라 말한다.

봉우리는 서른여섯
거울같이 맑은 호수

삼일을 잊은 귀로歸路
신선세계가 평화롭다

어느 곳에서 영랑이
머물렀는지 알지 못해도

붉은 글씨 남긴 자취
매우 분명하구나

(第10回 白塔詩社韻. 2000年 6月 29日)

2. 遊越南國紀行詩 六題

與竹夫石如古邨諸益 陪碧史先生 遊越南時作

● 發仁川空港向河內機上 一月 三十一日

河內卽越南國首都

向越翔空作善遊
海雲萬里接天流
羈心廓落詩情熟
諸益相看笑白頭

기심(羈心) : 나그네의 마음. 기사(羈思)와 같은 뜻으로 여행하는 것을 기려(羈旅)라 한다.
확락(廓落) : 마음이 넓고 거리낌이 없는 모양. 확연(廓然)과 같은 뜻임.
제익(諸益) : 여러 친구. 여기서는 월남 여행을 함께한 친구를 이름. 죽부(竹夫)는 필자의 재
　　　종숙 이지형(李箎衡) 교수이고 석여(石如)는 성대경(成大慶) 교수이며 고촌(古邨)은 고
　　　(故) 이운구(李雲九) 교수이다.

2. 베트남을 유람하고 6제

죽부(竹夫) · 석여(石如) · 고촌(古邨) 등 여러 친구와 함께 벽사선생(碧史先生)을 모시고 베트남(越南) 여행을 할 때 지었다.

● 인천공항을 출발, 하노이로 향하는 비행기에서
1월 31일

하노이는 곧 베트남의 수도이다.

월남 향해 하늘을 나는
좋은 유람 되었으니

바다와 구름 만 리 길이
하늘에 닿아 흐르는구려

나그네 마음 확 트여
시 짓는 마음 무르익고

친구들은 서로 쳐다보며
흰머리를 보고 웃는구나

● 順化香江船遊 二月 一日

順化 越南中部所在阮朝古都 其都市中心貫流香江 架橋名長前

順化古都懷舊遊
長前橋下碧江流
兩邊到處阮朝跡
白鳥迎賓旋舸頭

완조(阮朝) : 18세기 말 베트남 왕조에 떠이선(西山黨)의 난이 일어나 전국으로 파급되자, 완복영(阮福映, 嘉隆帝)이 이를 타파한 후 국내를 통일하고 베트남의 중부 후에(順化)에 수도를 정해 1802년에 완씨왕조(阮氏王朝)를 세웠다. 2대 황제 성조명명제(聖祖明命帝)가 그리스도교를 탄압하고 배외(排外)정책을 쓰게 되자, 호시탐탐하던 프랑스의 나폴레옹 3세가 그것을 빌미로 전쟁을 일으켰다. 그 결과 제4대 사덕제(嗣德帝)를 끝으로 1854년에는 베트남 전역이 프랑스의 식민지가 됨으로써 1884년에는 완조(阮朝)도 멸망했다.

● 후에의 후옹강 뱃놀이 2월 1일

후에(順化)는 베트남 중부에 있는 완씨왕조(阮氏王朝)의 옛 도읍지이다. 그
도시 한가운데를 후옹강(香江)이 흐르는데 거기에 가설된 다리가 장전교(長前
橋)이다.

후에는 옛날의 도읍
지난 일 그리며 유람하네

장전교 긴 다리 아래
푸른 강물이 흐르는데

양쪽 강가 이르는 곳마다
완씨阮氏왕조의 자취라

흰 갈매기 손님 맞으며
뱃머리를 빙빙 돈다

● 尋阮朝古宮 二月 一日

阮朝 十八世紀後半以來 越南國統一王朝

斜日王宮遠客遊

翬飛殿閣映濠流

宏謨禁苑由皇業

九鼎銘功燦廟頭

완조고궁(阮朝古宮) : 완씨(阮氏) 조정의 옛 궁전이라는 뜻이다. 1802년에 가륭제(嘉隆帝)에 의하여 베트남 황제국이 들어선 후 성조명명제(聖祖明命帝)와 사덕제(嗣德帝)를 거쳐 1884년에 나라가 망할 때까지 82년간의 왕조 유적이 많이 남아 있다. 대표적인 유적 으로는 태화전(太和殿)·계성전(啓成殿)을 비롯한 왕궁 건물과 묘제사(妙帝寺)·자담사 (慈曇寺)·영모사(靈姥寺)·사덕황릉(嗣德皇陵) 등의 제묘(帝廟)를 들 수가 있다.
구정(九鼎) : 중국 고대 하(夏)나라의 우왕(禹王)이 구주(九州)에서 구리를 거두어들여 주조 한 아홉 개의 솥을 이른다. 하(夏)·은(殷)·주(周) 삼대(三代)에 걸쳐 임금의 보물로 보전되었다. 정(鼎)은 두 개의 손잡이와 세 개의 발이 달린 솥을 의미하며 황실의 보 물로서 나라의 권위를 상징하는 것이다. 완씨 조정에서도 황제의 상징으로 태화전 앞 들에 아홉 개의 솥을 배치하였다.

● 완씨왕조의 옛 궁전에서 2월 1일

　　완씨왕조는 18세기 후반부터 베트남의 통일 왕조였다.

해거름녘 왕궁에는
먼 나그네가 노니는데

날아갈 듯 산뜻한 전각
해자垓子 흐름에 비치는구나

굉장한 규모의 궁궐은
황제국의 업적이라

아홉 개 솥에 새긴 공적
사당 머리에 찬란하네

● 謁文廟因訪國子監 二月 二日

文廟與國子監在河內 十一世紀初葉 大越國李氏王朝創建 崇尚儒學

奎文古廟得來遊

進士題名千古流

儒化遺風今尚在

聖人尊像幾回頭

문묘(文廟) : 공자(孔子)를 비롯한 유교(儒教)의 성현(聖賢)을 모신 사당이다. 중국·한국·
　베트남 등 유교 문화권에 속한 나라에서 옛날부터 전래했는데, 이곳 문묘는 수도인
　하노이(河內)에 국자감과 함께 현존하고 있다. 우리나라와는 달리 공자를 중심으로 사
　성(四聖)과 십철(十哲)의 소상(塑像)만을 배치하였다.
국자감(國子監) : 유교 문화권의 최고 교육기관으로 중국과 우리나라, 베트남 등지에 설립
　된 옛날의 국립대학이다. 그 창건 시기와 전래의 내력은 성현을 모신 사당인 문묘와
　같고, 유생들이 공부하는 교학 기관으로서의 국자감은 문묘 앞쪽에 별도로 구획된 넓
　은 공간을 차지하고 있다. 경내에는 역대 진사 급제자(進士及第者) 수백 명의 성명을
　새긴 제명석비(題名石碑)가 남아 있다.
대월국(大越國) : 베트남 이씨왕조(1010~1225) 시대 이래의 국호의 하나. 이 나라는 기원전
　2세기에 중국 당(唐)나라에 의하여 멸망 합병됨으로써 안남도호부(安南都護府)가 되어
　안남(安南)이란 국호를 사용하였다. 그 후 정씨왕조 때 대구월(大瞿越)이 되었다가
　1010년에 이씨왕조가 들어서면서 중국식으로 대월(大越)이란 국호를 썼다. 지금의 베
　트남 곧 월남(越南)이란 국호는 '대월'과 '대남'에서 한 글자씩 취한 것이라 한다.

• 문묘를 알현하고 국자감을 찾아서 2월 2일

　　문묘는 하노이(河內)에 있고 11세기 초엽에 대월국(大越國)의 이씨(李氏)왕
조가 창건했는데 유학(儒學)을 숭상하던 곳이다.

문학文學을 주관한 옛 사당
실지로 와서 보니

진사 급제자 새긴 비석
천고에 빛나는구려

유교 문화로 끼친 풍속
지금도 남아 있어

성인의 거룩한 표상
몇 번이나 돌아본다

●詣胡志明廟 二月 三日

廟中奉安胡主席遺體

自韓遠到共從遊
追慕胡翁合異流
遺體親觀行黙禮
廟堂出外又低頭

호치민(Ho Chi-Minh, 1890~1969) : 한자식 표기는 호지명(胡志明)이라 하고 베트남의 혁명
가요 정치가이며 국부(國父)로 추앙되고 있다. 중부 베트남의 농민 출신 학자의 아들
로 태어났다. 1911년 프랑스에 건너가 응우옌아이꾸옥(阮愛國)이란 이름으로 식민지
해방 운동을 시작했고, 제1차 세계대전 후에는 베르사유 회의에 베트남 대표로 참석
하여 국권을 주장함으로써 유명해졌다. 그 뒤 프랑스 공산당 창립과 함께 그 당원이
되었고, 모스크바 코민테른 대회에도 참가하여 그 동방부 상임위원이 되었으며 1930
년에는 인도차이나 공산당을 창립하였다. 제2차 세계대전 중에는 '베트남 독립 동맹'
을 조직하여 항일 전쟁을 지도하였고, 1945년 종전과 동시에 완조 정부(阮朝政府)로부
터 정권을 탈취, 베트남 민주공화국의 독립 선언과 함께 정부 주석으로 취임하였다.
1946년부터는 프랑스에 대한 항전(抗戰)을 직접 지휘하여 1954년 디엔비엔푸의 승리로
그 독립을 지켰다. 일생을 독신으로 살았으며 주석 재임 중에 심장병으로 급사하니
국민들이 국부로 추앙하여 그 시신을 영구히 보존하였다.

● 호치민의 묘당을 찾아 2월 3일

묘당 안에 베트남의 국부 호치민(胡志明)의 유체(遺體)가 봉안되어 있다.

머나먼 한국에서
함께 따라와 유람하며

호치민 선생 추모하고자
외국인과 합류했네

유체를 친견하고
가만히 예를 올린 다음

사당 밖에 나와서도
다시 머리가 숙여지네

● 遊下龍灣 二月 四日

越南北東部海岸絶勝地 近來國聯指定 世界自然文化遺産保存區

越南名勝下龍遊
千嶼崖間綠水流
造化神工眞秘境
茫然自失立船頭

천서애간록수류(千嶼崖間綠水流) : 천 개나 되는 많은 섬에 깎아지른 벼랑 사이로 푸른 물
　　이 흐른다는 뜻으로 하롱베이(九龍灣)의 아름다운 경색을 이른 말.
조화신공(造化神工) : 조물주의 신비롭고 교묘한 재주.

● 하롱베이에서 놀며 2월 4일

　　하롱베이는 곧 베트남 동부 바닷가 절승지이다. 근래 유엔 산하 유네스코
에서 '세계자연문화유산보존지구'로 지정을 하였다.

월남의 빼어난 명승
하롱베이를 유람하니

천 개의 섬, 벼랑 사이로
초록 물결이 넘실대고

조물주의 신비한 재주
진실로 비경이라

멍하게 할 말을 잊은 채
뱃머리에 섰노라

　　　　　　　　　　　　(第20回 白塔詩社韻. 2002年 2月 28日)

3. 美洲加拿大紀行 三題

● 發仁川空航翌日到美洲西雅圖長兒之寓居
八月 六日

西雅圖 卽美國西北部華盛頓州都也 盛夏亦朝夕淸冷 氣候如晚秋

凌空渡海遠程難

相遇兒孫樂且安

欲瀉離懷談竟夜

異邦曉氣溢淸寒

미국과 캐나다 기행(美洲加拿大紀行) : 2003년 8월 6일에 내자와 함께 큰아이 희수(熙秀) 내
외의 초청으로 미국 서북부의 제1도시 시애틀로 날아가, 그곳에서 15일간이나 머물면
서 주변의 명소는 물론 국경을 맞대고 있는 캐나다의 로키산(洛磯山) 등 두 나라의 풍
광을 구경하고 돌아왔다.

시애틀(Seattie, 西雅圖) : 미국 태평양 북쪽 연안 중부에 있는 큰 항구도시. 본래는 인디언의
땅이었으나 1853년에 미국령(美國領)이 되었고 1889년에는 42번째 주(州)로 승격한 워
싱턴 주의 최대 도시로서 미국 서북부의 정치 · 경제 · 교육 · 문화의 거점 지역이다.
연중 기온이 영하(零下)로 내려가는 일이 없고 가장 덥다는 7월에도 17℃에서 20℃
안팎의 평균 기온을 유지함으로써 미국에서 가장 살기 좋은 환경을 지닌 도시이다.
특히 조선업(造船業)과 항공기(航空機) 제작, 그리고 근래에는 컴퓨터 산업이 크게 발
달하여 세계적인 공업도시로 알려져 있다. 서아도(西雅圖)는 시애틀(Seattie)의 중국식
음차 표기이다.

3. 미국과 캐나다를 유람하고 3제

● 인천공항을 출발, 이튿날 미국 시애틀 큰아이 집에 당도하다 8월 6일

시애틀은 곧 미국 서북부의 워싱턴 주도(州都)이다. 한여름에도 또한 아침 저녁으로는 맑고 서늘한 기후가 늦은 가을과 같았다.

하늘과 바다를 건너
어렵게 먼 길 왔구나

아들과 손자를 만나
즐겁고 편안하여라

이별의 회포 쏟아내듯
밤새도록 이야기하니

이국의 새벽 기운
맑고 차갑게 넘치는구려

● 遊加拿大洛磯哥倫比亞氷原 八月 十一日

氷原 在加拿大積士柏國立公園內 此處以廣闊無邊 萬年積雪之地帶 其景色
爲一大壯觀 氣候亦四時寒冷

連日馳車道路難

雪原秘境暫休安

四方擧目開氷野

恰似嚴冬臘月寒

캐나디언로키(canadianrocky, 加拿大洛磯) : 북아메리카 서부에 남북으로 뻗은 대산맥이 로키
　산맥인데 그 북쪽 캐나다에 있는 부분을 일컫는다. 경관이 좋은 산과 강이 많고 교통
　로가 발달하여, 각처에 빙하·설원·호수·야생화 지대가 장관을 이루고 있는 세계
　적인 관광지이다. 따라서 이 일대에는 재스퍼(積士柏)·밴프(賓府) 등 국립공원이 여러
　군데 있다. 가나대락기(加拿大洛磯)는 중국식 음차 표기이다.
컬럼비아(Columbia., 哥倫比亞) 빙원 : 캐나디언로키의 컬럼비아 산 일대에 사철 얼음으로
　뒤덮인 지대이다. 빙원의 입구에는 얼음 지대에서 흘러내린 맑은 물이 강을 이루었고
　일대에는 수십 종에 이르는 아름다운 고산식물이 계절을 가리지 않고 아름다운 화원
　을 방불케 한다. 가륜비아(哥倫比亞)는 중국식 음차 표기이다.
재스퍼(Jasper, 積士柏) : 캐나디언 로키에 있는 제2도시의 이름이며 국립공원이다. 공원의
　전체 넓이는 우리나라 제주도 면적의 약 여섯 배이고 세상 끝까지 이어진 듯 거대한
　산맥과 유리알처럼 투명한 호수가 빚어낸 아름다운 풍경의 휴양지이다. 사시사철 즐
　길 수 있는 온갖 종류의 레포츠 시설이 있어 매년 200만 명 이상의 관광객이 몰려온
　다. 적사백(積士柏)은 중국식 음차 표기이다.

●캐나디언로키 컬럼비아 빙원에서 놀며 8월 11일

빙원(氷原)은 캐나다 재스퍼(積士柏) 국립공원 안 컬럼비아(哥倫比亞)에 있다. 이곳은 넓고 크기가 끝간 데가 없고 만년설(雪)이 쌓인 지대로서 그 경색이 일대 장관을 이룬다. 기후 또한 사계절에 걸쳐 춥고 서늘하다.

날마다 차로 달리는
여행길은 어렵지만

설원의 신비한 경치에
잠깐 평안히 쉴 수 있네

사방을 들러봐도
얼음의 들판이 펼쳐져

매서운 한겨울에
섣달 추위 같아라

● 賓府國立公園路易斯湖畔

在加拿大洛磯賓府國立公園內 其湖畔景觀 稱世界十大絶勝之一也

戴雪連峰勢險難

澄湖倒影客情安

瓊宮玉樹眞仙境

氷解清流胸臆寒

밴프(Banff, 賓府) : 캐나디언로키 산자락 남부에 자리 잡은 국립공원 지대이며, 이 지역에서
가장 크고 유명한 도시이다. 북쪽의 재스퍼(積士柏)와 어깨를 겨루는 대표적인 관광지
로서 해발 2,000m가 넘는 높은 산에 둘러싸여 온천과 하이킹, 래프팅, 스키 등을 즐길
수 있는 로키산맥 4대 국립공원의 하나이다. 특히 마릴린 먼로 주연의 미국 영화 <돌
아오지 않는 강>의 촬영 장소로 유명하다. 빈부(賓府)는 중국식 음차 표기이다.
루이스 호(Lake Louise, 路易斯湖) : 밴프 국립공원과 재스퍼 국립공원 사이에 있으며, 폭
300m 길이 2.4km의 아름다운 호수이다. 처음에는 '에메랄드 레이크'라는 이름이었으
나 19세기 후반에 영국 빅토리아 여왕의 딸인 루이스 공주가 이곳을 방문한 기념으로
지금의 이름으로 바뀌었다. 뒤편에 솟은 3,459m의 높은 산은 빅토리아 산이라고 하며
빙하의 침식 활동으로 깎여나간 틈에 물이 고여 이루어진 호수로 그 물빛이 맑은 쪽
빛을 띠고 있다. 로이사(路易斯)는 중국식 음차 표기이다.

● 밴프 국립공원 내 루이스 호반에서

호수는 캐나디안로키 밴프(賓府) 국립공원 안에 있다. 그 호숫가의 경관은
세계 십대 절승(絶勝) 가운데 하나로 일컫는다.

눈 덮인 겹친 봉우리
산세는 높고 험하지만

맑은 호수에 거꾸로 비춰
길손의 마음 편안하구나

구슬 궁전 옥 같은 나무
참으로 신선이 노니는 곳

얼음 풀린 맑은 흐름
가슴속까지 차갑다네

(第29回 白塔詩社韻. 2003年 9月 4日)

4. 初春帶同二孫康兆康年游日本 三題

● 曉發仁川空港朝到名古屋 二月 七日

滄溟萬里祖孫同
旅路歡情興未窮
日出扶桑雲霧裏
飛來遠客異邦中

일본 여행(日本旅行) : 2008년 2월 7일부터 11일까지 4박 5일 동안 손자 강조(康兆)와 강년
(康年)을 데리고 일본의 근기(近畿) 지방과 중부(中部) 지방 일원에 걸쳐, 여행사를 통
한 패키지 관광 여행을 한 일이 있다. 인천공항을 출발하여 나고야(名古屋)에 도착한
후 관광버스를 이용, 미에현(三重縣) 이세(伊勢)·와카야마(和歌山)·오사카(大阪)·고
베(神戶)·교토(京都)·나라(奈良) 등 도시를 중심으로 고적 명소를 돌아보고 왔다.
나고야(名古屋) : 도쿄(東京)·요코하마(橫濱)·오사카(大阪)에 이은 일본 제4의 큰 도시. 기
계공학과 세라믹 등 첨단기술이 발전한 국제적인 산업 문화 도시로 일컬어진다. 일본
아이치(愛知) 지방의 중심도시로 국토의 동서남북을 연결하는 교통의 요충지이기도
하다.
부상(扶桑) : 동쪽 바다에 해가 뜨는 곳. 중국의 전설에서 동쪽 바다에 있다는 나라를 부상
국(扶桑國)이라 했는데 흔히 일본을 가리키는 경우도 있다.

4. 첫봄에 두 손자강조·강년를 데리고 일본을 유람하다 3제

● 새벽에 인천공항을 출발, 아침에 나고야에 당도하다 2월 7일

푸른 바다 만 리 길을
할애비와 손자 함께하니

여행의 기쁜 정과
흥취가 끝이 없구려

해 떠오른 동쪽 나라
구름과 안개 속인데

날아온 먼 나그네는
다른 나라에 와 있네

●伊勢神宮 二月 八日

宮卽日本國祖天照大神奉祀處 在三重縣伊勢市太平洋沿岸

伊勢滄波萬古同
天神國祖頌無窮
日人仰慕追尋客
雲集整襟長列中

이세만(伊勢灣) : 일본 미에현(三重縣) 이세 반도(伊勢半島) 육지를 깊숙이 휘감고 있는 태
　　평양 연안의 물구비의 이름. 이곳 이세만 구석에 이세 신궁(伊勢神宮)이 자리 잡고 있
　　다.
천조대신(天照大神) : 일본의 고대 전설에 나오는 여신의 이름으로 나라의 시조(國祖)로서
　　추앙되고 있다. 일본인들은 '아마데라스오미카미'라 하여 국조신(國祖神) 또는 태양신
　　으로 신성시하고 있는데, 이세 신궁(伊勢神宮)은 그 원사당이다.
운집(雲集) : 많은 사람이 구름떼처럼 모여들었다는 말.

● 이세 신궁에서 2월 8일

　　　이세 신궁은 일본의 국조(國祖)인 천조대신(天照大神)의 제사를 받드는 곳
이다. 미에현(三重縣) 이세시(伊勢市) 태평양 연안에 있다.

이세만의 푸른 물결
만고에 한결같은데

천조신天照神을 국조로서
칭송함도 무궁하구나

일본 사람들! 우러러
추모하여 찾아온 길손

구름처럼 모여들어
옷깃 여며 긴 줄을 서네

● 登大阪城天守閣 二月 九日

城卽壬辰倭亂元兇豊臣秀吉創建之城郭也 至今唯存八層天守閣 爲觀光客登
臨處 各層廻廊 有秀吉一代記及當時戰爭映像展示物

危樓天守古今同

登閣韓人恨不窮

想到壬辰倭亂事

兒孫爲鑑刻心中

오사카성(大阪城) : 임진왜란의 원흉 도요토미 히데요시가 천하통일의 근거지로 삼고자
1583년부터 약 15년간 축성한 성곽이다. 나고야성(名古屋城)·구마모토성(熊本城)과 더
불어 일본의 3대 고성(古城) 가운데 하나이다. 성곽 주위에는 이중으로 된 해자(垓字)
를 둘렀고 50톤, 100톤 하는 거석(巨石)을 사용하여 성벽을 축조했기 때문에 옛날부터
난공불락의 요새를 이룬 곳이다. 경내에는 오테몬(大手門)·사쿠라몬(櫻門)·덴슈가쿠
(天守閣)·아오야몬(青屋門) 등의 유적이 많다.
천수각(天守閣) : 오사카성의 중심 건물로 전쟁시 장수대(將帥臺) 역할을 하는 높은 누각이
다. 현재는 8층으로 이루어진 관광용 전망대로서 엘리베이터를 이용하여 오르내리는
데, 각 층마다 도요토미의 생애부터 그가 죽은 뒤에 도쿠가와 이에야스(德川家康)에
의해 성이 함락될 때까지의 영상물이 전시되어 있다.

● 오사카성 천수각에 오르다 2월 9일

　　오사카성은 임진왜란의 원흉인 도요토미 히데요시(豊臣秀吉)가 창건한 성
곽이다. 지금은 오로지 8층으로 된 천수각(天守閣)만 남아 있어 관광객이 올
라가 내려다보는 곳이 되었다. 각층 회랑에는 히데요시의 일대기 및 당시 전
쟁을 영상으로 만든 전시물이 있다.

높은 다락 천수각天守閣은
옛과 지금이 똑같지만

누각에 오른 한국 사람
원한은 끝이 없구려

임진년을 생각하여
왜란의 일 기억하고

자손들은 거울로 삼아
마음속에 새겨야지

(第55回 白塔詩社韻. 2008年 2月 22日)

5. 內蒙古紀行 七題 一九九七年 六月 中旬

● 晚到包頭空港

燕京晚發到包頭
羈旅新興萬里流
頃刻飛來胡地夜
草原風起引吾遊

포두(包頭) : 중국 내몽고(內蒙古) 자치구 서부에 있는 인구 약 100만 명의 큰 도시로 중국
　　발음으로는 '바오터우'라고 한다. 본래 황하(黃河) 북쪽 연안의 하항(河港)이었으나
　　1922년에 베이징(北京) 사이에 경포선(京包線)이 개설된 데 이어 중국 중요 도시 간의
　　철도망과 함께 공항이 설치되었고, 세계 굴지의 철강도시로도 유명하다.
연경(燕京) : 중국 베이징(北京)의 옛 이름. 춘추전국시대 연(燕)나라의 수도였던 데서 생긴
　　지명.
기려(羈旅) : 여행 또는 나그네.
호지(胡地) : 오랑캐의 땅. 오랑캐는 중국에서 일컫는 말로 진(秦)나라 이전에는 오로지 흉
　　노(匈奴)를 가리켰으나, 뒤에는 새외(塞外) 민족의 범칭(汎稱)이 되었다.

5. 내몽고를 유람하다 7제 1997년 6월 중순

● 늦게 포두 공항에 당도하다

북경에서 늦게 떠나
포두에 당도하니

나그네의 새로운 흥취
만 리 밖으로 흐른다

잠깐 사이에 날아온
오랑캐 땅의 밤이여!

초원에 이는 바람이
내 여행길 이끌어주네

● 響沙灣砂丘

索梯千丈上高丘
極目黃原漠北悠
風烈鳴沙混沌界
異邦客子散心收

향사만(響砂灣) : 바오터우(包頭) 시의 남동쪽 고비 사막의 동쪽 끝자락에 있다. 우기(雨期)
가 지난 건조기에 황하(黃河) 유역에서 날아와 쌓인 높다란 모래언덕(砂丘)을 가리킨
다. 모래의 입자가 한없이 매끄럽고 미세하여, 사막의 운동이 시작될 때는 높은 곳에
서 미끄러져 내리는 모래 소리가 마치 장엄한 북소리처럼 울리고 사람이 목메어 우는
것같이 들리면서, 누런 모래바람과 함께 천지개벽을 연상시킨다 하여 유명해진 관광
의 명소가 되었다.
삭제(索梯) : 줄로 맨 사다리. 여기서는 향사만의 약 100m 높이의 모래언덕을 오르기 위해
45도 각도로 설치한 기다란 줄사다리를 이른다.
막북(漠北) : 고비 사막의 북부 지역을 일컫는 말이지만 일반적으로 넓은 사막을 뜻함.
풍렬명사(風烈鳴沙) : 바람이 거세게 불고 모래가 우는 것.
혼돈계(混沌界) : 천지개벽을 할 때 사물을 확실히 판가름하지 못한 것과 같은 상태의 혼란
한 세계.

● 향사만의 모래언덕

줄사다리 길게 늘인
높은 언덕으로 오르니

보이는 것은 누른 벌판
북쪽 사막이 아득하다

바람이 거세어 모래가
운다는 혼돈의 세계

이방의 나그네도
산란한 마음 다잡았네

● 成吉思汗陵園

山西塞外到荒原
宏構華粧有廟園
人語可汗歸葬地
不看陵寢自誇喧

칭기즈칸 능원(成吉思汗陵園) : 내몽고자치구 동승시(東勝市)의 서남쪽 이금곽낙기(伊金霍洛
旗) 구역에 있는데 칭기즈칸의 능궁(陵宮)으로 인해 성능(成陵)이라는 지명으로도 통한
다. 이곳은 칭기즈칸이 최후를 마친 청수현(淸水縣)과 고향 마을인 타타루와의 중간
지점으로 몽골 제국 초기에는 행궁(行宮)이 있었다고 한다. 근년에 내몽고자치구 정부
에서 그 지점을 어림잡아 관광용으로 거창하게 능궁을 조성하여 성지(聖地)로 삼았는
데 그 면적이 20만 평이나 된다. 화려한 궁전 십여 동(棟)을 배치하여 사방에 벽돌 담
장을 둘렀으며, 지붕에는 금빛 유리 기와를 덮어 화려하게 장식하였다. 그러나 능침은
지하에 깊숙하게 묻혀 실상을 알 수 없고, 몽고 지역 다른 연고지에도 칭기즈칸의 무
덤이 있다는 설(說)이 있다.
산서새외(山西塞外) : 중국 산서성(山西省) 북쪽 경계인 만리장성 너머 변두리 땅.
묘원(廟園) : 조상의 신주(神主)를 모신 사당(祠堂)의 정원.
가한(可汗) : 몽고어로 임금을 뜻하는 말. 한(汗)은 가한(可汗)의 준말인데 '칸(khan)'으로 발
음한다.
귀장지(歸葬地) : 사람이 죽어 시신을 고향으로 옮겨다 장사지낸 곳.
과훤(誇喧) : 자랑으로 떠들썩한 것.

● 칭기즈칸의 능원

산서성山西省 변두리 밖
거친 들판에 당도하니

크게 지어 화려하게
꾸민 사당이 있었구나

사람들은 칸汗이 돌아온
무덤이라 말하지만

능침은 보이지 않고
자기 자랑만 시끄럽네

●夜間列車內巡杯

六月二十六日夜間 自包頭乘京包線直快列車 翌日未明 到呼和浩特市 其時
同乘諸益 通夜傾酒談論

諸益相看着座安
旅程無事擧盃歡
談論竟夜應酬裏
浩市馳來曉氣寒

경포선(京包線) : 중국 북경에서 장자구(張家口)·대동(大同)·집녕(集寧)·호화호특(呼和浩
特)을 경유하여 포두(包頭)에 이르는 철도 노선. 이때에는 역순(逆順)으로 포두에서 호
화호특으로 향했다.

직쾌열차(直快列車) : 중국 철도의 열차 등급의 하나로 우리나라의 보통 급행열차에 해당된
다. 특별 급행열차는 특쾌(特快)라고 하여 중국 대륙의 장거리를 달리는 쾌속열차이다.

제익(諸益) : 여러 좋은 친구들. 여기서는 여행을 함께 한 죽부(竹夫)·석여(石如)·여사(黎
史)·고촌(古邨)·지산(止山)·경인(絅人) 등 여러 친구들을 가리킨다.

호시(浩市) : 호화호특(呼和浩特)시를 줄인 말. 내몽고자치구의 정치·경제·문화의 중심
도시로 중국 발음으로는 '후허하오터'라고 한다. 몽고인들이 '푸른 도시'라는 뜻으로
이름을 지었다. 인구 약 30만 명으로 한때는 꾸이수이(歸綏)라고도 했다.

치래(馳來) : 기차로 달려온 곳을 형용한 말.

● 야간열차 안에서 술잔을 돌림

6월 26일 밤에 포두에서 경포선(京包線) 보통 급행열차를 타고 이튿날 새벽에 호화호특시에 당도했다. 그때 차 안에서 여러 친구들은 밤을 새워 술잔을 기울이며 담론을 했다.

여러 벗들 서로 보며
자리를 잡아 편안하니

여행길이 무사함을
술잔을 들고 기뻐한다

밤새워 담론으로
주거니받거니 하는 속에

호화호특에 달려오니
새벽 기운 차갑더라

● 觀遼代白塔

筆然白塔帶天光
萬部華嚴寶典藏
登階達觀遙四海
契丹故址變滄桑

요대(遼代) : 요(遼)는 지금의 중국 내몽고자치구 지역의 유목민인 거란족(契丹族)이 916년
　에 세운 왕조로서, 1125년 동부 만주족(滿洲族)이 세운 금(金)나라에 의하여 209년 만
　에 멸망했다. 불교(佛敎)를 받아들여 성종(聖宗)·흥종(興宗)·도종(度宗)의 삼대 약 백
　년 동안에 그 전성기를 이루었다. 특히 발해(渤海)가 거란에 멸망한 후에는 고려(高麗)
　와 국경을 마주하게 되었고 우리나라의 북진정책으로 인해 여러 차례 침입을 당했으
　나 그때마다 이를 물리친 역사를 지니고 있다.
백탑(白塔) : 불탑(佛塔) 전체를 흰색으로 칠하였기 때문에 생긴 보통명사이지만, 중국 요·
　금(遼金) 시대의 전탑(塼塔)에 특히 많다. 여기서는 후허하오터의 7층 백탑을 가리키는
　것으로 정식 명칭은 '만부화엄경탑(萬部華嚴經塔)'이라 한다. 1만 부나 되는 화엄경(華
　嚴經)의 책과 경판을 보존하고 있으며, 벽돌 또는 단단한 북방 목재(木材)로 건조한
　50m 높이의 거대한 건축 구조물이다. 탑 내부에는 맨 꼭대기 층까지 오르내릴 수 있
　는 나선형 복도 계단을 설치하였고, 벽면에는 중국 역대 명사들의 제기(題記)와 함께
　3층 처마 아래 '달관(達觀)'이라는 현판 글씨가 특히 유명하다.
화엄보전(華嚴寶典) : 화엄경(華嚴經)의 보배로운 책과 경판을 일컫는 말.
창상(滄桑) : 앞 시 「사인당고리(舍人堂故里)」(158쪽)의 각주 참조

● 요나라 때 백탑을 보다

우뚝하게 솟은 흰 탑
하늘의 빛을 받았는데

일만 부 화엄경華嚴經의
귀한 책 갈무리한 곳

층계 오르니 활달한 경관
온 세계가 아득히 멀고

거란의 옛 터전은
상전벽해가 되었구나

● 蒙古村夜宴

自遠朋來共擧觴
胡娘勸酒祝無疆
清商妙曲乘佳興
多感清宵樂未央

자원붕래(自遠朋來) : ‘먼 곳에서 벗이 왔다’는 뜻. 『논어(論語)』 학이편(學而篇) 첫머리에
　　“벗들이 있어 먼 곳에서 왔으니 또한 즐겁지 아니한가(有朋自遠方來不亦樂乎)”라는 구
　　절을 인용하여 몽고촌 사람들이 외국인들을 환영하는 것을 의미한다.
호랑(胡娘) : 호국(胡國)의 처녀. 여기서는 ‘몽고 아가씨’를 가리킨다.
청상묘곡(淸商妙曲) : 맑은 음률(音律)로 이루어진 오묘한 노래의 곡조(曲調). 청상(淸商)은
　　상(商)나라 오음(五音)의 하나로 맑은 소리이고 묘곡(妙曲)은 우아한 노래의 가락을 뜻
　　한다.
청소(淸宵) : 맑게 갠 조용한 밤. 청야(淸夜).
낙미앙(樂未央) : 즐거움이 아직 반에도 못 미쳤다는 것. 즐거움이 끝나지 않았다는 뜻.

● 몽고 마을의 밤 연회

멀리서 벗이 찾아왔으니
함께 술잔을 들자고 하네

몽고 처녀 술을 권하니
축복이 끝이 없구려

맑고 오묘한 음악의 가락
좋은 흥취를 돋우는데

정감이 많은 맑은 밤에
즐거움은 반도 차지 않네

● 尋王昭君青塚

明妃追慕遠程尋
青塚高邱草木深
只有園中騎馬像
胡酋作配料丹心

왕소군(王昭君) : 중국 서한(西漢) 시대 원제(元帝, 기원전 49~33 재위)의 후궁. 이름은 장
(牆)이고 자는 소군(昭君)인데 본래 양갓집 딸로 절세미인이었다. 황제의 후궁으로 뽑
혀 궁중에 들어갔으나 화공이 인물을 추하게 그려 임금의 사랑을 받지 못했는데, 당
시 흉노(匈奴)의 침입에 고민하던 조정은 그들과의 우호 수단으로 왕소군을 흉노의 임
금 호한야선우(呼韓邪單于)와 정략결혼시켰다. 소군은 흉노로 들어가 영호연지(寧胡閼
氏)의 칭호를 받고 아들 하나를 낳았으나, 호한야가 죽자 약을 먹고 자살했다. 때문에
왕소군은 흉노와의 화친 정책에 희생된 비극적 여주인공으로서 오랫동안 중국 구비문
학 또는 악부(樂府)와 희곡(戱曲) 등의 많은 작품이 전해지고 있다.
명비(明妃) : 왕소군의 다른 이름. 후일 진(晉)나라 때 문제(文帝)가 자기의 이름 사마소(司
馬昭)와 글자가 같다 하여 왕명군 또는 명비(明妃)로 부르게 했다고 한다.
청총(靑塚) : '푸른 무덤'이라는 뜻으로 왕소군의 묘원. 후허하오터 남쪽 교외 지대 도화향
(桃花鄕) 마을에 있다. 높다란 언덕과 같은 큰 무덤인데, 왕소군이 비극적인 일생을 마
친 후 풀이 항상 파랗게 무성했다 하여 그런 이름이 생겼다.
기마상(騎馬像) : 1963년에 청총묘원 경내에 세운 동상으로 왕소군이 그 남편인 호한야선우
와 함께 나란히 말을 타고 흉노 땅에 입경하는 모습을 조각하였다.
호추(胡酋) : 오랑캐 나라 추장(酋長). 여기서는 흉노의 선우(單于) 호한야를 가리킨다.
작배(作配) : 사람이 한평생의 배필(配匹)을 정하는 것.

● 왕소군의 푸른 무덤을 찾아

명비를 추모하여
머나먼 길 찾아왔건만

푸른 무덤은 높다란 언덕
풀과 나무만 무성하네

다만 동산 한가운데
말 타고 가는 동상이 있어

추장의 배필이 된
붉은 마음을 헤아릴 뿐

6. 中國山西省紀行 五題

● 觀九龍壁

龍生九子古談從
朱桂爲王是地封
寶壁千秋遺業照
祇園朝夕戒鳴鐘

구룡벽(九龍壁) : 산서성의 고도(古都) 대동시(大同市) 중심가에 있다. 명(明)나라 태조 주원
　장(朱元璋)이 열셋째 아들 주계(朱桂)를 이 지역의 제후(諸侯)로 봉해 다스리게 하면서
　세운 기념물이다.
용생구자(龍生九子) : 용(龍)은 아홉 마리의 아들을 낳는다는 속설이 있다. 용으로 상징되는
　임금도 많은 아들을 낳아 황실을 번성하게 하되, 각자의 소임과 영역을 확실히 정해
　주어 황위를 함부로 넘보지 못하게 하였다. 형상이 각기 다른 아홉 마리의 용을 생동
　감 있게 그려 '왕부의 조벽(王府照壁)'으로 삼은 것이다.
주계(朱桂) : 주원장(朱元璋)의 열세 번째 아들. 주원장은 황자 24인을 두었는데 각기 그 재
　능에 따라 전국 요지에 분봉(分封)하여 황실의 안정을 도모하였다. 주계에게는 원(元)
　나라의 고토(故土)인 몽고와의 접경 지역을 담당하게 하여 평성(平城)이란 북방왕궁(北
　方王宮)을 조성하고 그 치세(治世)를 맡겼다.
보벽(寶壁) : 보배스러운 벽체라는 뜻. 곧 구룡벽.
기원(祇園) : 절간. 구룡벽 서쪽에 있는 왕실의 수호 사찰 화엄사(華嚴寺)를 가리킨다.

6. 중국 산서성 기행 5제

● 구룡벽을 보다

용이 낳은 아홉 아들
옛날 말을 쫓아서

주계에게 이 땅을 봉해
제왕으로 삼았구려

보배로운 벽면에는
천추의 유업이 비쳐 있고

절간에선 아침과 저녁
종을 울려 경계를 하네

●訪雲崗石窟

武岳山前五里岡
雲橫石窟菩提鄉
殫誠造佛中原統
北魏千秋重寶藏

운강석굴(雲崗石窟) : 중국에서 가장 규모가 큰 석굴사원이다. 산서성 대동시의 서쪽 15km 지점에 있는 무주산(武周山) 기슭에 동서 오 리(五里)에 걸쳐 조성되었다. 큰 골짜기를 중심으로 좌우로 나누어져 모두 53개의 동굴을 조성하여 불상을 조각하였다. 그 조성 시기는 대개 서기 453년(北魏 興安 2년)부터 40년에 걸쳤으며 중국 역사상 대표적인 석굴 유적의 하나이다.

북위(北魏) : 유목민족인 선비(鮮卑)족의 탁발씨(拓拔氏)가 세운 왕조(386~534). 최초의 황제 인 도무제(道武帝)는 국호를 위(魏)라 하고 하북(河北) 지방에 진출하여 도읍을 지금의 산서성 대동(大同)에 정하고 평성(平城)이라 하였다. 명원제(明元帝)를 거쳐 태무제(太 武帝) 때에는 중국의 오호십육국(五胡十六國)의 난을 종식하고 439년에 마침내 강북 지역을 모두 지배했다. 그 후 효문제(孝文帝)가 도읍을 낙양(洛陽)으로 옮겨 사실상의 중원 통일을 이룩했다. 그러나 나이 어린 효명제(孝明帝)를 섭정하던 영태후(靈太后)가 불교를 지나치게 신봉한 나머지 사탑(寺塔)과 불상 조성에 국비를 탕진하다가 마침내 쇠망의 길로 들어섰다. 모두 14인의 제왕이 149년 동안 통치하였다.

보제향(菩提鄉) : 보제(菩提)는 범어(梵語) bodhi의 음역으로 '보리'로 발음한다. 곧 부처의 원력을 빌어 깨달음을 얻은 마을이라는 뜻.

중보(重寶) : 귀중한 보배라는 뜻으로 여기서는 운강석굴에 보전된 5만여 구(軀)의 크고 작 은 불상 조각품을 가리킨다.

● 운강석굴을 찾아

무주산武周山 앞자락에
오 리에 걸친 언덕에는

구름이 비낀 석굴이라
부처님 모신 마을인데

정성 다해 만든 불상
중원을 통일했으니

북위는 영원히 전할
귀중한 보물 간직했네

● 應縣木塔

高華木塔插蒼穹
淨土安民佛法隆
遼代旣亡千數載
舞天群燕囀神功

응현목탑(應縣木塔) : 응현(應縣)은 대동시 남쪽에 있는 위성도시로 목탑은 그 북쪽 작은 마을 중심에 있다. 요(遼)나라 때 불궁사(佛宮寺) 경내에 세운 석가탑(釋迦塔) 형식의 5층 팔각형 거대한 목탑이다. 남쪽으로 난 탑문(塔門)을 들어서면 높이가 11m나 되는 석가모니불이 연화좌대 위에 모셔져 있고 여덟 방향으로 역사상(力士像)이 우람하게 버티고 있다. 위로 올라가는 나무 계단이 있어 최상층까지 연결되었는데 각 층마다 아미타여래 · 약사여래 · 비로자나불 등의 본존불(本尊佛)과, 아난(阿難) · 가섭(迦葉) · 보현(普賢) · 문수(文殊) 등 보살상(菩薩像)이 주제별로 안치되어 있다.

군연(群燕) : 제비 떼들이 무리지어 나는 것. 이 목탑 상층부에 수만 마리의 제비 떼들이 서식하여 때때로 탑 위를 군무(群舞)하는 장관을 볼 수 있다.

신공(神功) : 신비한 공력과 기술. 이 목탑 건축에 얽힌 노반(魯班) 남매의 전설로 인해, 천년의 역사가 흐르는 동안 아홉 차례의 지진을 겪으면서도 건축물이 파괴되거나 단 한 차례 화재도 없었다는 것을 신비한 공력으로 여기고 있다.

● 응현의 목탑을 보고

높고 아름다운 목탑이
푸른 하늘에 우뚝하다

나라와 백성의 평안이
불법을 빌어 융성하니

요나라가 망한 지
이미 천 년이 지났건만

하늘을 나는 제비 떼는
탑의 신공을 지저귀네

● 登渾源懸空寺

忽起涼風龍峽中
斷崖翠壁掛仙宮
險難細逕登攀客
三敎聖人仰止同

현공사(懸空寺) : 산서성 태원시 남쪽 혼원현(渾願縣) 관내에 있다. 취병산(翠屏山) 자락의
금용협(金龍峽)이라는 골짜기에 깎아지른 절벽에 마치 공중에 매달려 있는 것처럼 보
이는 절간이라 하여 그 이름이 생겼다. 전방에는 항산(恒山) 줄기의 위세를 바라보며
병풍과 같은 푸른 단애(斷崖)를 등에 지고 깊은 계곡을 아슬아슬하게 내려다보는 형국
이다. 이 사원은 북위(北魏) 시대 후기인 471년부터 523년 사이에 창건되어 1,400년의
역사를 간직하고 있으며, 경사면 40도의 자연 암반을 적절히 이용하여 세운 목조건물
이다. 단청이 화려한 사원 안에는 구리(銅) · 쇠(鐵) · 돌(石)로 된 각종 조상(彫像)이 78
구(軀)나 안치되어 있는데, 이는 석가(釋迦) · 공자(孔子) · 노자(老子) 등 불교 · 유교 ·
도교 삼교(三敎)의 교조(敎祖)를 신앙의 대상으로 삼은 이색적인 도량(道場)이다.
선궁(仙宮) : 신선이 산다는 궁전. 하늘 위 백옥경(白玉京)에 있는 신선의 궁전(宮殿).
삼교성인(三敎聖人) : 불교(佛敎)의 석가, 유교(儒敎)의 공자, 도교(道敎)의 노자를 일컫는다.
이곳 현공사에서는 그 세 종교 교조(敎祖)의 조상(彫像)을 아울러 받들고 있다.

● 혼원의 현공사에 올라

홀연히 시원한 바람
용협에서 일어나고

깎아지른 푸른 절벽엔
신선의 궁전 매달았다

험난한 좁은 길을
더위잡고 오른 길손

세 종교의 성인을
우러러보며 함께하네

● 詣唐叔虞祠

晉水長流惠萬民
瓮山源井地靈新
太原沃野稻香滿
雲集虞祠追慕人

당숙우사(唐叔虞祠) : 산서성 태원시의 서남쪽 현옹산(懸瓮山) 기슭 진수(晉水)의 발원지에
　　있는 당숙우(唐叔虞)의 사당인데 진사(晉祠)라고도 한다. 당숙우는 주(周)나라 무왕(武
　　王)의 둘째아들이고 성왕(聖王)의 아우로서 요(堯)나라의 옛 땅을 주어 당후(唐侯)로 봉
　　하였다. 그 아들 섭(燮)이 나라를 세워 진(晉)이라 하였으며 5세기 말경에 군주(君主)
　　희우(姬虞)가 그 조상을 위해 사당을 처음으로 건립했다. 송(宋)나라 때는 당숙우의 어
　　머니인 읍강(邑姜)을 위해 성모전(聖母殿)을 건립하였고 명청(明淸) 시대에도 많은 건
　　물을 증축 정비함으로써 4만 평방미터나 되는 광대한 고대 정원(古代庭園)으로 자리매
　　김하고 있다.
진수(晉水) : 비옥한 태원평야의 젖줄로서 시내 한가운데를 흐르고 있는 하천 이름.
옹산(瓮山) : 진사(晉祠) 어귀에 자리 잡고 있는 현옹산(懸瓮山)을 가리키는데, 진수(晉水)의
　　수원지라고 하며 산꼭대기에는 큰 옹기 모양의 원정(源井)이 보전되고 있다.
지령(地靈) : 산천이 수려하고 지세가 빼어나 영묘靈妙한 기운이 감도는 곳.
태원(太原) : 중국 산서성의 성도(省都)로 분하(汾河)의 상류이고 태항산맥(太行山脈) 서쪽에
　　있는 역사 문화 도시이다. 춘추(春秋)시대에는 진양(晉陽)이라 하였고 진(晉)나라 때는
　　태원군(太原郡)을 설치했으며 한때 북위(北魏)의 본거지가 되기도 했다.

● 당숙우사를 찾아

진수의 긴 흐름은
만민이 입는 혜택인데

옹산의 물 근원에
땅 기운이 새롭기 때문

태원의 기름진 들판은
벼 향기로 가득하니

숙우叔虞 사당엔 구름처럼
추모하는 사람 모여든다

7. 熱河紀行 四題

●承德行車中志感

七月二日早朝 以中國國內航空 自太原至北京 乃換乘承德市行自動車通于車
窓 觀沿道風景 而念昔燕巖之漠北行程

燕翁五日險難程
快速馳車半晝征
古驛傳名今不識
江山指點坐觀行

승덕시(承德市) : 중국 하북성(河北省) 북부 난하(灤河)의 지류인 열하(熱河) 연안에 있는 도
시. 중국 발음으로는 '청더'로 열하(熱河)의 다른 이름인데 청나라가 천하를 통일한
뒤에는 행정구역으로 열하성(熱河省)을 두었고, 열하로서 성도(省都)로 삼았다. 시의
북서부에는 청나라 강희황제(康熙皇帝) 때 주위 8km에 이르는 광대한 지역에 응장하
고 화려한 왕실의 피서산장(避暑山莊)을 만들어 여름철에는 궁실(宮室)을 이곳으로 옮
겨 집무를 하였다.
연옹오일정(燕翁五日程) : 연암옹(燕巖翁)의 '오일여정(五日旅程)'이라는 뜻이다. 곧 연암(燕
巖) 박지원(朴趾源, 1737~1805)의 『열하일기』(熱河日記) 가운데 「막북행정록(漠北行程
錄)」에 실려 있는 바와 같이, 1780년(正祖 4) 8월 5일에서 8월 9일까지 연경(燕京)에서
열하에 이르는 닷새 동안의 험하고 어려웠던 여행의 일정을 말한다.
고역(古驛) : 옛날의 역참(驛站). 연암의 「막북행정록」에서는 연경에서 열하까지 430리가 넘
는 길에 있는 고북구역(古北口驛)·청송참(靑松站) 등 수많은 역참을 언급하였다.

7. 열하 기행 4제

● 승덕으로 가는 차 안에서

7월 2일 이른 아침에 중국 국내 항공으로 태원(太原)에서 북경(北京)에 이르렀다. 곧 승덕시(承德市)로 가는 자동차를 바꿔 타고, 차창을 통해 연도 풍경을 보면서 옛날 연암(燕巖)선생의 '막북행정(漠北行程)'을 생각했다.

연암선생 닷새나 걸린
험하고 어려운 길을

쾌속하게 차로 달리니
반나절에 가는구나

옛날 역참 전하는 이름
지금은 알 수 없고

강산을 손으로 가리키며
앉아서 보는 편안한 행차

● 如意湖泛舟

如畵澄湖汎小舟
遠來遊子喜仙遊
樓臺倒影微波散
佳麗山莊落日收

여의호(如意湖) : 열하(熱河)의 피서산장(避暑山莊) 안 건륭삼십육경(乾隆三十六景)의 하나.
　　그곳 수원(水苑) 구역 가운데 여의주(如意洲)라는 섬을 둘러싸고 있는 징호(澄湖) 등
　　몇 개의 호수를 아울러 이르는 명칭으로, 청나라 황실에서 뱃놀이를 하는 곳이었다.
유자(遊子) : 나그네 또는 여행객.
선유(仙遊) : 신선 같은 놀이. 임금의 유람을 가리키는 말이기도 하다.
산장(山莊) : 여기서는 아름답고 고운 경색을 지닌 피서산장을 이름.

● 여의호에 배를 띄워

그림같이 맑은 호수에
작은 배를 띄우고

멀리서 온 나그네들
신선놀이가 기쁘구나

거꾸로 비친 누각은
잔물결에 흩어지는데

아름답고 고운 산장
기우는 해를 거두네

● 熱河泉石表

熱河源井景荒凉
表石單孤帶夕陽
淸帝行宮休浴處
尙今溫水匯林塘

열하천(熱河泉) : 하북성(河北省) 승덕시(承德市)에 있는 청(淸)나라 왕실의 여름 별장인 피서산장(避暑山莊)의 한 명소(名所)이다. 산장 밖을 남북으로 흐르는 무열하(武列河) 아래쪽 분류 지점에 위치하며, 조그만 돌샘에서 온천물이 솟는다 하여 열하천이라는 이름을 얻었다. 이로 인하여 무열하를 열하(熱河)라고도 하며 북방의 변경을 막는 하천이라 하여 새수(塞水)라 부르기도 한다.
원정(源井) : 물이 솟아나오는 샘. 원천(源泉)이란 뜻. 여기서는 열하천을 가리킴.
표석(表石) : 이름을 나타낸 돌비석. 열하천 돌샘 경내에는 '열하(熱河)' 두 자를 새긴 조촐한 돌비석 하나가 서 있다.
청제행궁(淸帝行宮) : 청나라 황제의 별장 곧 피서산장을 말한다. 이 피서산장은 강희제(康熙帝, 1662~1722)가 그 모후(母后)를 위해 처음으로 만들었고, 그 아들 옹정제(雍正帝, 1723~1735)와 손자 건륭제(乾隆帝, 1736~1795)가 주로 이용한 여름 별장이었다. 경내에는 모두 72경(景)의 명승이 있었고, 그중 열하천은 아름다운 연못과 함께 황실의 휴욕처(休浴處)로도 이용되었다.

● 열하천에 세운 돌비석

열하천 샘물의 근원
경치가 쓸쓸하구나

표석 하나 외롭게
석양빛을 받았을 뿐

청나라 황제 행궁으로
목욕하며 쉬던 곳

지금도 더운 물은
수풀과 못을 빙빙 돈다

● 避暑山莊

疇昔淸朝避暑園
北方塞外別乾坤
水煙殿閣添幽趣
可謂桃源絶勝元

피서산장(避暑山莊) : 앞 시 「승덕행차중지감(承德行車中志感)」(326쪽) 및 「여의호범주(如意
湖泛舟)」(328쪽)의 각주 참조
청조(淸朝) : 청나라 조정 또는 황실을 일컬음.
별건곤(別乾坤) : 별천지(別天地). 건(乾)은 하늘이고 곤(坤)은 땅.
수연전각(水煙殿閣) : 호숫가에 물안개가 낀 전각(殿閣). 피서산장 궁전(宮殿) 구역에는 황제
의 집무실인 근정전(勤政殿)을 비롯해 송학재(松鶴齋)·수심사(水心榭)·문진각(文津閣)
·연우루(烟雨樓)·금산정(金山亭) 등 부속 전각이 그윽한 풍취를 자랑하고 있다.
유취(幽趣) : 그윽한 정취.
도원(桃源) : 무릉도원(武陵桃源)을 줄인 말로 별천지와 같다. 그윽하게 경치가 좋은 평화로
운 경계를 일러 도화원(桃花源) 또는 호중천(壺中天)이라고도 한다.

● 피서산장에서

지난날 청나라 황실
피서하던 동산이라

북쪽 땅 변두리 밖에
별천지가 여기구나

물안개에 전각들은
그윽한 정취를 더하고

무릉도원 이를 만하니
빼어난 경치 으뜸이네

8. 中州紀行 五題 一九九八年 十月

● 馳中原大路

中州沃野欲斜陽
十月商城木葉黃
徙倚車窓追往蹟
鄭開路上史談長

중주(中州) : 중국의 하남성(河南省)을 가리키는 말로 천하의 중앙 지대에 위치한다는 뜻을
지니고 있다. 중국 또는 천하를 의미하는 중원(中原)이라는 말과도 통하는데, 황하 남
쪽의 비옥하고 광활한 평야 지대를 일컫는다.

상성(商城) : 중국 최고의 왕조인 상(商=殷)나라의 성곽. 정주(鄭州) 시내에서 동남쪽으로 20
리 지점 교외 지대에 있는 유적지이다. 1950년 가을에 이곳 언덕에서 우연히 승문도
기(繩文陶器)와 마광석기(磨光石器)를 채집한 것이 계기가 되어 이후 성곽이 발견됨으
로써, 이 지역에 중국 역사시대의 가장 오래된 왕조가 실제로 존재했음이 확인되었다.

정개로(鄭開路) : 정주(鄭州)와 개봉(開封) 사이에 개설된 고속도로를 말한다. 정주시는 황하
의 남쪽 20km 지점에 발달한 하남성의 성도(省都)로서 동경(東京)인 개봉과 서경(西京)
인 낙양(洛陽) 사이에 위치한 황하 문명의 중심지이다. 또한 이곳은 옛날부터 하북과
하남을 잇는 교통의 요충지로, 그 주변에 형양(滎陽) · 신현(新縣) · 중모(中牟) · 등봉
(登封) · 밀현(密縣) · 공의(鞏義) 등 여섯 현(縣)을 위성도시로 거느리고 있다.

8. 중주 기행 5제 1998년 10월

● 중원 대로를 달리다

중원中原의 기름진 들판
해는 기울려 하고

시월의 상성에는
나뭇잎이 시들어가네

차창에 비스듬히 기대
옛 자취를 추억하니

정주 개봉 가는 길 위엔
역사 얘기가 길구나

● 觀宋都御街

重陽佳節訪東京
賞菊人波滿古城
新飾宋街多畵閣
龍亭詣道兩湖淸

송도어가(宋都御街) : 옛날 송(宋)나라 때 황제가 궁성에 출입하던 거리. 오랜 세월 도시의
　변천으로 원래의 모습은 알 수 없지만 근래에 개봉시(開封市)에서 관광용으로 조성하
　였다. 북송(北宋) 때 동경(東京)의 궁성에 이르는 중심가는 그 길이가 남북에 걸쳐 10
　여 리(里)이고 넓이도 200보(步)에 이르렀다고 한다. 바닥에는 아름다운 벽돌을 깔았고
　길 양쪽에는 채색이 화려한 상점과 주루(酒樓) 등이 길게 늘어섰다. 마침 중양절(重陽
　節)을 맞아 거리에는 국화의 회회(花會)가 열려 인파가 들끓었다.
동경(東京) : 북송 때 수도의 명칭으로 지금의 개봉을 이름. 개봉은 춘추(春秋)시대 이래의
　지명으로 한때는 동경 이외에 대량(大梁)·변주(汴州)·변경(汴京) 등으로도 불리었다.
용정(龍亭) : 개봉시 서북쪽 용정공원 안에 있다. 본래 이곳은 북송 이후 금(金)나라 말기까
　지 화려하고 거대한 궁전 건물이 가득했으나, 지금은 불교 유적으로 바뀌었다. '용정'
　은 용정대전(龍亭大殿)에서 온 명칭으로 궁궐의 중심 건물의 하나였지만, 지금은 부처
　를 안치하고 있다.
양호(兩湖) : 송도어가 입구에서 용정공원에 이르는 큰길 양쪽으로 펼쳐져 있는 두 개의
　큰 호수. 서쪽의 것을 양가호(楊家湖)라 하고 동쪽의 것을 반가호(潘家湖)라 하여 두
　호수를 아울러 반양호(潘楊湖)라고도 한다. 옛날 양가(楊家)에서는 대대로 충신이 나서
　그 호수의 물이 맑았고 반가(潘家)에서는 대대로 간신이 나서 그 호수의 물이 탁했다
　고 한다.

● 송나라 수도의 어가를 보며

중양절이라 좋은 계절
동경을 방문하니

국화를 감상하는 인파
옛 성중에 가득하다

새로 꾸민 송나라 서울
화려한 전각이 많고

옛 궁궐 이르는 길엔
양편에 호수가 맑구나

● 訪包公祠

正心誠意似靑天
執法如山不畏權
擧世名官頌孝肅
淸廉吏道萬邦傳

포공사(包公祠) : 중국 송나라 때 명관인 포증(包拯, 999~1062)을 모신 사당으로 개봉 시내
　　중심가 포공호(包公湖) 서쪽 언덕에 자리 잡고 있다. 포증의 자는 희인(希仁)이고 안휘
　　성 여주(廬州) 사람으로 관리 집안의 아들로 태어났다. 송나라 인종(仁宗) 때 진사과
　　(進士科)에 급제한 후, 감찰어사(監察御使)ㆍ호부판관(戶部判官)ㆍ지개봉부사(知開封府
　　事)ㆍ추밀부사(樞密副使) 등 요직을 역임했다. 재임 기간 동안 청렴결백한 관리로 명
　　망이 높았으며, 권력자의 힘에 굴복하지 않고 법을 엄정하게 집행한 것으로 유명하다.
　　중국 역사상 청백리의 대명사로 불렸으며 사후에 효숙공(孝肅公)의 시호와 함께, 후인
　　들이 푸른 하늘처럼 공명정대한 그의 이도(吏道)를 기리어 포청천(包靑天)이라 부르기
　　도 했다.
효숙공(孝肅公) : 포증의 시호(諡號).

● 포공사包公祠를 찾아서

올바르고 성실한 마음
푸른 하늘과 같았네

산처럼 엄한 법의 집행
권세가 두렵지 않았고

온 세상에서 명관으로
효숙공孝肅公이라 칭송하니

청렴한 관리의 길을
모든 나라가 전하더라

● 崇陽書院志感

崇陽漢栢氣蕭森
百世唐碑匿愧心
立雪程門傳故事
儒宗廟院是難尋

승양서원(崇陽書院) : 정주시 등봉현(登封縣) 숭산(崇山) 남쪽 기슭 준극봉(峻極峰) 아래에
있다. 백록동서원(白鹿洞書院)·악록서원(岳麓書院)·회양서원(淮陽書院)과 함께 중국
송나라 때 4대 서원의 하나이다. 송나라 태종(太宗)이 태실서원(太室書院)을 세워 유학
의 교육 장소로 삼았는데 그 후 숭양서원으로 이름을 바꾸고 정자(程子) 형제가 고을
의 자제들을 모아 강학을 하였다. 명(明)나라 때 크게 증건하여 정호(程顥)와 정이(程
頤)의 사당을 병설함으로써 정주학(程朱學)의 뿌리를 내리게 했으며, 지금의 건물은
청(淸)나라 때 복원한 것이다.
한백(漢栢) : 서원 경내에 한(漢)나라 장군백(將軍栢)이라는 이름을 지닌 두 그루의 잣나무
를 가리킨다. 서한(西漢)의 무제(武帝)가 숭산에 제사를 지내기 위해 이곳을 지나가다
가 이 나무를 보고 대장군백(大將軍栢)으로 봉했다는 유래를 지니고 있다.
당비(唐碑) : 서원 정문 앞 20m 지점에 자리한 높이 9m나 되는 큰 당나라 비석을 말한다.
이 비석은 당나라 현종(玄宗) 때 권신 이임보(李林甫)가 글을 짓고, 당대의 명필 서호
(徐浩)가 비문을 쓴 것이다. 이 비는 후일에 천신(天神)이 "서호의 명필은 좋지만 간신
이임보의 글은 괘씸하다" 하여 벼락을 내리쳤다는 부끄러운 전설이 있다.
입설정문(立雪程門) : 정이천(程伊川) 선생이 어느 겨울 눈 오는 날에 양시(楊時)와 유초(游
酢)가 처음으로 글을 배우러 이 서원에 찾아왔으나, 한창 명상에 잠겨 있을 때라 문밖
에 시립한 두 제자의 존재를 잊고 있었다. 스승이 눈을 떴을 때는 눈이 한 자나 쌓여
있었다. 제자가 스승의 궁리를 방해하지 않기 위해 기다리는 미덕을 나타낸 고사이다.

● 숭양서원에서 감회를 적다

숭양서원 한나라 측백
깨끗하고 쓸쓸하다

백대百代에 당나라 비석
부끄러움을 감췄구나

정문에서 눈 맞은 일
옛일로 전해오건만

유학의 스승 모신 사당은
찾기조차 어려워라

● 遊崇山少林寺

崇峰秋色白雲深
林寺香園朗梵音
面壁九年禪定處
達磨眞理淨吾心

승산(崇山) : 하남성 북부 등봉현에 있는 명산으로 높이 2,300m. 중국 오악(五嶽)의 하나로
중주(中州)에 있다 하여 중악(中岳)이라 한다. 오악 중에서도 가장 바르고 밝은 신령인
중천숭성제(中天崇聖帝)를 받들어 제사 지내는 중악묘(中岳廟)가 유명하다.

소림사(少林寺) : 숭산의 지봉(支峰)인 소실봉 북쪽 기슭에 있다. 중국 불교 선종(禪宗)의 초
조(初祖)인 달마선사(達磨禪師)가 벽을 향해 9년 동안 참선하여 득도(得道)한 사찰로서,
옛날부터 승려와 도사(道士)들이 무술을 연마하고 심신 수련을 하는 곳으로도 알려져
있다. 위 시구에 '임사향원(林寺香園)'은 '소림사의 향기로운 동산'을 뜻한다.

달마선사(達磨禪師, ~528?) : 중국 남북조시대의 고승으로 범명(梵名)이 보리달마(菩提達磨)
이다. 남인도 향지국(香至國)의 왕자로 태어나 대승불교의 승려가 되었다. 520년경 바
닷길로 중국 낙양(洛陽)에 들어와 숭산 소림사에서 9년간 벽을 향해 좌선(坐禪)함으로
써 불타(佛陀)의 진리를 깨달았다. 그는 득도를 한 후 "사람의 마음은 본래 청정(淸淨)
하다는 이치를 깨달아야 한다"고 주장하면서 그 선법(禪法)을 혜가(慧可)에게 전수하
였다. 중국 선종(禪宗)의 육조(六祖)를 차례로 거쳐 우리나라에도 '달마의 선법'은 신라
와 고려 때 크게 융성하였다.

• 숭산의 소림사에서 놀며

숭산은 가을빛을 띠고
흰 구름이 깊어가는데

소림사 향기로운 동산
독경 소리가 맑구나

벽을 향해 아홉 해를
참선에 든 곳이려니

달마선사의 진리는
내 마음 깨끗하게 한다

9. 嘆老身不能外遊

暑退凉生欲漫遊
老衰未遂暗生愁
何時異國觀風物
漸弱吾身歲月流

만유(漫遊) : 마음 내키는 대로 정처 없이 여기저기를 떠돌아다니며 유람하는 것. 혹은 부
　질없는 여행.
생수(生愁) : 시름이 이는 것. 걱정거리가 생긴다는 것.
관풍물(觀風物) : 타향 또는 이국(異國)의 경치·풍속·인정 등을 살펴보는 것

9. 늙은 몸으로 외국여행 할 수 없음을 탄식하다

더위가 가고 서늘해지니
부질없이 놀고 싶은데

노쇠하여 이루지 못하니
가만히 시름만 생기네

어느 때나 다른 나라의
좋은 풍물을 보겠는가?

내 몸은 점점 약해지고
세월은 흘러만 가는데!

(第93回 白塔詩社韻. 2014年 8月 29日)

六. 時世寸感

시대와 세상에 대한 짧은 감상

1. 觀南北離散家族相逢有感

斷腸半百恨焦煙
嗚咽相逢淚似川
南北協同今盛事
願催統一禱靑天

남북 이산가족 상봉(南北離散家族相逢) : 2000년 6월 평양(平壤)에서 개최된 남북정상회담의
결과로 이해 8월 15일 금강산(金剛山)에서는 이산가족 상봉 행사가 이루어졌다. 이때
남북 쌍방에서 각각 100여 명씩 선정된 부모 형제들이 반백 년 만에 감격적인 만남으
로 눈물이 내를 이루었고 조국 통일의 염원이 그 어느 때보다 간절하였다.

1. 남북 이산가족 상봉을 보고 느낌이 있어

창자를 에는 반백 년에
한스러움은 애타는 연기

서로 만나 흐느껴 우니
눈물이 내를 이루었네

남북이 함께 협력한
오늘의 성대한 사업

통일의 촉진을 원하며
푸른 하늘에 비노라

(第11回 白塔詩社韻. 2000年 8月 31日)

2. 有感救世軍慈善鍋

歲底繁街奔走人
搖鈴呼募救貧隣
鍋中積善施恩意
釀得和平淨世塵

구세군(救世軍) : 그리스도교의 한 교파이다. 1865년에 영국의 종교인인 윌리엄 부스 (William Booth)가 창설한 것으로서 중생(重生) · 성결(聖潔) · 봉사(奉仕)를 강령으로 하고 군대식 조직 밑에서 민중 교도와 사회사업 등을 한다. 우리나라에는 1908년(隆熙 2년)에 지부가 설치되어 매년 연말연시에 거리에서 자선냄비로 빈민 구호 모금을 한다.

2. 구세군의 자선냄비에 느낌이 있어

세밑에 번화한 거리
사람들은 분주하고

방을 흔들며 가난한 이웃
구제하라 외치는데

냄비 속에 적선으로
은혜를 베푸는 뜻은

세속을 정화하고 화평을
얻고자 함이리니

(第19回 白塔詩社韻. 2001年 12月 27日)

3. 登高城統一展望臺

山河分斷幾星霜
翹首西風路莽蒼
雪岳金剛連咫尺
何時南北坦途長

통일전망대(統一展望臺) : 강원도 고성군 현내면 명호리에 있다. 비무장지대와 남방한계선
이 만나는 해발 70m 고지에 위치한다. 2층 건물로 1층은 북한 관계 전시관이고 2층이
전망대인데 발아래로 휴전선과 북한군의 최전방 초소가 보이며, 멀리 북한 영토와 금
강산 그리고 동해 바다도 한눈에 들어오는 곳이다. 최근에는 6·25전시관이 새로 마
련되어 안보 교육의 자료로 활용되고 있으며 이 전망대에 들어가려면 통일안보공원
사무실에서 출입신고를 해야 한다.

3. 고성 통일전망대에 올라

산하가 분단된 지
몇 해나 되었던고

머리 돌리니 서녘 바람
길이 묵어 황량하다

설악산과 금강산은
지척에 잇닿았는데

어느 때나 남북으로
평탄한 길 이어질까?

(第30回 白塔詩社韻. 2003年 10月 30日)

4. 山寺茗飮 三月 三十日

山門合掌拂衣塵
漸入香區境益新
坐定禪房窓外望
老僧煮茗若仙人

향구(香區) : 향이 피어오르는 맑고 깨끗한 구역이라는 뜻으로 절간을 말한다.
선방(禪房) : 승려들이 참선(參禪)을 하는 방(房). 참선은 절간 깊숙한 곳에 고요히 앉아서
　　불법(佛法)의 묘리(妙理)를 탐구하고 터득하려는 수행(修行) 행위를 말한다. 선원(禪院)
　　·선찰(禪刹)·선당(禪堂) 등도 같은 의미를 지니고 있다.
자명(煮茗) : 차를 달임. 전차(煎茶)와 같음.

4. 산사에서 차를 마시며 3월 30일

산문에서 합장하며
옷의 먼지 떨어내고

차츰 절간으로 들어가니
지경은 더욱 새롭다

선방에 들어 좌정하고
창밖을 바라보니

늙은 스님 차 달이는 모습
신선神仙과도 같구나

(第44回 白塔詩社韻. 2006年 4月 21日)

5. 接北韓核實驗報道 十月 十日

分斷傷痕尚宛然

脅威初核震蒼天

北南梗塞何時解

統一遷延且幾年

북한 핵실험 보도(北韓核實驗報道) : 북한은 2006년 7월에 대포동 2호 미사일 발사에 이어, 그 3개월 뒤인 2006년 10월 9일에 함경북도 길주군(吉州郡) 기지에서 1차 핵실험을 하였다. 출력이 매우 낮은 핵실험이었으나 당시 북한은 "우리를 압살하려는 제국주의자들에게 준엄한 철추를 내린 역사적 사변이라" 겁을 주었고 "현대과학의 집합체인 핵실험을 100% 우리 힘과 기술로 안전하게 성공했다"고 자랑하였다. 이에 우리나라는 물론 전 세계 언론들이 그런 북한의 위험을 대대적으로 보도한 바가 있었다.

5. 북한이 핵실험하는 보도를 접하고 10월 10일

분단으로 상한 흔적
아직도 완연한데

처음 핵실험의 위협
푸른 하늘을 떨게 한다

남과 북의 막힘은
어느 때나 풀리려나

통일의 머뭇거림이
또 몇 년이나 될는지?

(第47回 白塔詩社韻. 2006年 10月 26日)

6. 農民示威有感

今年豊作 政府保有米過多 故收買量減少 不免穀價下落 因此農民不滿高潮
近來示威事態擴散

今年大有歲功成

是以農心反怨聲

糧政爲民根本事

誰將良策展公明

세공(歲功) : 1년의 시절 또는 행사의 공적. 여기서는 한 해 동안의 화육(化育)과 농사의 수
확을 이름.

양정(糧政) : 식량을 적정한 수준으로 비축 공급하거나 곡가(穀價)를 조정하여 농민들을 보
호하기 위한 양곡의 모든 정책과 행정.

6. 농민 시위에 느낌이 있어

금년은 작황이 풍년이지만 정부 보유미가 지나치게 많아 수매량이 감소됨으로써 곡가의 하락을 면하지 못했다. 이 때문에 농민들의 불만이 높아져 근래에 시위 사태가 확산되고 있다.

올해는 큰 풍년이라
농사 보람 이뤘지만

농민의 마음 도리어
원성으로 번졌구려

양곡정책은 백성을 위해
근본이 되는 것을

누가 장차 좋은 계책으로
공명하게 펼치겠는가?

(2009년 10월 10일)

7. 偶觀公園一隅寺黨輩演戲

時寺黨輩演戲 一人彈奚琴 一少女示乘索妙技 及世情漫談

索上娛游地上同

運身終始在虛空

戲談妙技才人女

風物相和意外逢

사당배(寺黨輩) : 사찰 등을 주무대로 하여 떼를 지어 찾아다니며 노래와 춤을 팔던 여자
연희(演戲) 패의 무리. 현대에 와서는 그 수가 줄어 '민속무형문화재'를 보존한다는 차
원에서 그 연희를 숭상하고 있다.

삭상오유(索上娛遊) : 줄 위를 왔다 갔다 하면서 부채를 들고 춤과 노래로서 즐기며 노는
모양.

희담(戲談) : 사람들을 즐겁게 하기 위해 실없는 우스개로 하는 만담 같은 것.

해금(奚琴) : 전통 현악기의 하나로 호궁(胡弓)이라고도 함. 줄이 셋인데 말총으로 맨 활로
켜서 가늘고 맑은 음색을 낸다. 동호(東胡)의 해족(奚族)이 연주하는 악기라 하여 붙인
이름.

풍물(風物) : 농악 연주에 필요한 여러 악기의 총칭. 대표적인 것으로 사물(四物)을 들 수
있는데 팽과리·징·북·장구가 그것이다.

7. 우연히 공원 한 모서리에서 사당패들이 연희하는 것을 보다

이때 사당패의 연희는 한 사람이 해금(奚琴)을 퉁기었고 한 소녀는 줄을 타고 묘기를 보이면서, 세상 인정에 대한 만담(漫談)을 하였다.

줄 위에서 즐기고 노는 것
지상에서나 마찬가지

몸놀림은 시종일관
공중에서만 놀고 있네

우스갯소리 절묘한 기술
재주 부리는 여인들을

풍물의 어울림 속에서
뜻밖에 만나보았네

(第67回 白塔詩社韻. 2010年 4月 29日)

8. 聞隣人舊正歸鄕覲親有感 二月 十五日

白髮偏親倒屣迎

子孫喜氣滿庭生

通宵繞膝交情話

歸後傷心却恨行

귀근(歸覲) : 집으로 돌아가 어버이를 뵙는 것. 귀성(歸省)과 같은 뜻임.

편친(偏親) : 부모 가운데 어느 한쪽이 홀로 된 경우를 이름. 편부(偏父) 또는 편모(偏母)라
고도 한다.

도사(倒屣) : 너무 반가운 나머지 자기도 모르게 신발을 거꾸로 신고 마중하는 상태를 이름.

8. 이웃 사람이 음력 설에 귀향하여 어머님을 뵌 소감을 듣고 2월 15일

백발의 홀어머니
신발 거꾸로 신고 맞이하니

아들 손자 기쁜 표정이
온 집안에 가득하네

밤새워 무릎 에워싸고
정다운 말 나눴으나

돌아온 뒤 마음의 상처
안 간 것만 못했구나

(第43回 白塔詩社韻. 2006年 2月 23日)

9. 南北離散家族相逢之約
竟歸霧散有感而作

今年秋夕 以南北合意 有離散家族相逢行事之約 然施行不過四日前 依北韓
側 一方的延期通報 竟至破棄

血肉緣何不可逢

高飛越境有歸鴻

人間倫理竟難背

南北從今禁斷終

혈육(血肉) : 피와 살을 서로 나눈 동족(同族) 또는 친족(親族), 같은 피붙이.
연하(緣何) : 무슨 연유로 또는 무엇 때문에… 라는 뜻.
귀홍(歸鴻) : 큰 기러기가 돌아온다는 것. 기러기는 철새의 속성상 봄에 북쪽으로 날아갔다
　　　가 가을에 남쪽으로 돌아오는데 그것을 귀안(歸雁) 또는 귀홍(歸鴻)이라 한다.
금단(禁斷) : 어떤 일을 금하고 못하게 하는 것. 여기서는 남북 간에 휴전선으로 가로막아
　　　같은 민족이면서도 서로 왕래를 하지 못하게 한 상태를 이름.

9. 남북이산가족 상봉의 약속이 마침내 무산된 것에 대한 감회

금년 추석에 남북 사이의 합의로 이산가족 상봉 행사의 약속이 있었다. 그러나 시행 4일을 앞두고 북한측에서 일방적으로 연기를 통보하여 마침내 약속이 깨트려졌다.

피붙이인데 무슨 연유로
만나지 못하게 하는가?

높이 날아 경계를 넘어
돌아온 기러기도 있는 것을

사람 사이에 윤리로는
끝내 등지기가 어려운 일

남과 북은 이제부터라도
금하고 막는 것을 끝내야지

七. 記情哀歡

슬픔과 기쁨에 대한 정을 기억하며

1. 哀亡弟果邨 二首 五月 二十九日

(一)

七十生平浮世間

忽然一去不知還

衰兄割半哀無極

君貌丁寧在故山

망제과촌(亡弟果邨) : 죽은 아우 과촌(果邨). 과촌의 이름은 성림(成林)이고 자(字)는 이욱(而勗)이며 과촌은 그 호(號)인데 필자의 계제(季弟)이다. 자수성가로 (주)우성아이엔씨라는 기업을 일으켜 코스닥에 상장시키고 많은 발전을 이뤘으나, 애석하게도 2006년 4월 12일에 68세의 나이로 두 형(兄)에 앞서 세상을 떠났다. 그의 무덤이 밀양시 단장면 단장리(丹場里) 선영 아래에 있다.

할반지애(割半之哀) : 몸의 절반을 베어내는 것과 같은 아픔과 슬픔. 곧 동기(同氣)가 죽은 슬픔을 이르는 말. 반할지통(半割之痛)도 같은 말.

1. 죽은 아우 괴촌을 슬퍼한다 2수 5월 29일

(1)

일흔 나이 한평생에
덧없는 세상살이

홀연히 한 번 가더니
돌아올 줄을 모르네

늙은 형은 할반의
슬픔이 끝이 없거늘

그대 모습은 정녕
고향 산천에 있으려나?

(二)

哭送泉臺一夢間

孔懷日甚竟忘還

眼前幻影如平昔

萬事虛無望北山

공회일심(孔懷日甚) : 날이 갈수록 그리움이 더해간다는 것. 공회(孔懷)는 몹시 생각한다는
뜻으로 형제간의 우애를 이르는 말. 『시경(詩經)』 소아편(小雅篇)의 "죽음의 두려움 속
에서도 형제는 서로 몹시 생각한다(死喪之威 兄弟孔懷)"라는 말에서 나왔다.
북망산(北邙山) : 무덤이 많은 곳 또는 사람이 죽어서 돌아가는 곳을 가리킨다. 중국 하남
성 낙양(洛陽) 동북쪽에 북망산(北邙山)이 있는데 한(漢)나라 때 이후 왕후공경(王侯公
卿)의 무덤이 많았다는 데서 유래되었다. 북망(北邙)·망산(邙山)·북산(北山)도 같은
말이다.

(2)

통곡하며 보낸 일이
하룻밤 꿈결인가?

그리움 날로 더해가도
끝내 못 돌아오는구려

눈앞에 아른대는 환영
평일과도 같지만

세상만사 허무하구나
북망산만 바라볼 뿐!

2. 哭古邨李雲九敎授 _{六月 十三日}

古邨以成均館大東洋哲學科敎授 平生研鑽莊子墨子等 有關聯著述不少

奄忽凶音眞可疑

泉臺歸去故人誰

平生雅健研莊墨

濟濟群英哭老師

흉음(凶音) : 사망의 통지 곧 부고(訃告). 부음(訃音).

장묵(莊墨) : 장자(莊子)와 묵자(墨子). 곧 장주(莊周)의 사상과 묵적(墨翟)의 철학 등을 연구
하는 학문.

제제군영(濟濟群英) : 영특한 많은 제자를 둔 것을 이름.

2. 고촌 이운구 교수를 곡하다 6월 13일

　　고촌(古邨)은 성균관대학교 동양철학과 교수로서 한평생 장자(莊子)와 묵자(墨子) 등을 연구했는데 관련되는 저술이 적잖이 있다.

별안간 날아든 부음
참인지 의심스럽네

저승으로 돌아가는
옛 친구는 누구인고

평생을 건실하게
장묵을 연구했으니

빼어난 많은 제자
늙은 스승을 우는구나

(第51回 白塔詩社韻. 2007年 6月 28日)

3. 憶舊友

三十餘年前 同鄕親友鄭某兄 隱居于智異山 以一札寄余 其後至今無消息

暮雲春樹久離居

深入名山寄一書

別後何由消息斷

舊情如昨我心餘

모운춘수(暮雲春樹) : '저녁 구름과 봄철의 나무'라는 뜻으로 친구를 생각하는 정이 간절함을 비유하여 이르는 말. 두보(杜甫)가 지은 「봄날에 이백을 추억하며(春日憶李白)」라는 시에 "위수 북쪽에는 봄 하늘의 나무(渭北春天樹)요, 장강 동쪽에는 해 저무는 구름(江東日暮雲)이라" 하는 구절에서 서로 멀리 '봄 나무'와 '저녁 구름'을 바라보면서 친구를 그리워한 정을 나타낸 것임.

3. 옛 친구를 생각한다

삼십여 년 전에 같은 고향의 친한 벗 정모(鄭某) 형이 지리산에 숨어 산다
면서 한 통의 편지를 나에게 부쳤다. 그 뒤로는 지금까지 소식이 없다.

서로 그리워하면서
오래 헤어져 살았도다

깊은 산에 숨어들어
편지 한 장 보내더니

이별한 후 무엇 때문에
소식을 끊었던고

옛정은 어제처럼
내 마음에 남아 있는데

(第79回 白塔詩社韻. 2012年 4月 26日)

4. 憶故友朴春卿

老境同誰話友情
吾兄一逝寂無聲
泉臺他日相逢處
含笑依然舊好成

박춘경(朴春卿) : 필자와 소년 시절부터 가까이 지내던 동향(同鄕)의 옛 친구 박등줄(朴登茁, 1929~2007)의 자(字). 그의 호는 삼정(三亭)인데 밀양 상동면 가곡리(佳谷里)에는 그가 생전에 지어 수양하며 여생을 보내던 요산요수당(樂山樂水堂)이란 별서(別墅)가 남아 있다.
일서(一逝) : 한 번 가는 것. 곧 이승을 하직하여 저승으로 가버렸다는 뜻.
천대(泉臺) : 무덤 또는 저승 곧 황천(黃泉)을 말함.

4. 옛 친구 박춘경을 추억한다

늘그막에 누구와 함께
옛정을 이야기할꼬

내 친구 한 번 가버리니
적막하게 소리가 없네

저승에서 다른 날에
서로 만나는 곳에서는

웃음 머금고 그전처럼
좋은 인연 이루어보세

(第82回 白塔詩社韻. 2012年 11月 1日)

5. 頌朴邦擧載瓛稀筵 二首

(一)

九十椿堂七十男

老萊斑戲豈奇譚

從心孝子呈杯喜

順命嚴親祝酒甘

父祖安康星月祈

子孫悅樂舞歌耽

餘生冀望無疆福

來日休祥到浦南

박방거(朴邦擧) : 방거(邦擧)는 박재기(朴載瓛, 1923~2006)의 자(字). 호는 사봉(沙峰)이고 관
  향은 밀성(密城)인데 작자와는 처남 매부 사이가 된다.
구십춘당(九十椿堂) : 90세에 이른 아버지. 여기서는 희수(稀壽)를 맞은 주인공의 생존한 아
  버지로서 작자의 부옹(婦翁)인 죽리공(竹籬公, 諱奭熙, 1903~1994)을 가리킨다. 춘(椿)
  은 참죽나무로 장수(長壽)에 비유하는데, 춘당(椿堂)은 춘부장(椿府丈)·춘부(春府)처럼
  남의 아버지에 대한 존칭이다. 어머니의 존칭은 훤당(萱堂)이라 하고 부모를 아울러
  춘훤(椿萱)이라 한다.
칠십남(七十男) : 70세가 된 아들 곧 고희연(古稀宴)을 맞은 주인공을 말한다.
노래반희(老萊斑戲) : 노래자(老萊子)가 부모를 즐겁게 해주기 위해 나이 70세에도 때때옷을
  입고 어린애가 되어 재미있는 놀이를 했다는 고사(故事)를 뜻한다. 노래자는 중국 고
  대 초(楚)나라 사람으로 세상이 어지러움에 몽산(蒙山) 아래에서 농사를 지으며 부모
  를 지극한 효성으로 받들었다. 초왕(楚王)이 그 어진 소문을 듣고 불렀지만 응하지 않
  았고 다시 강남(江南) 땅으로 깊숙이 숨어 세상에 나오지 않았다고 한다.
포남(浦南) : 갯가의 남쪽. 곧 주인공의 향리 후사포(後沙浦)를 말함.

5. 박방거재기의 고희연을 송축하다 2수

(1)

아흔 살의 아버지에
일흔이 된 아들이라
노래자老萊子 때때옷 유희
어찌 기이한 얘기던가?

마음이 자유로운 효자
술잔을 드리며 기뻐하고
천명에 순응하는 엄친
축하하는 술이 달구나

아버지와 할배의 편안을
별과 달을 향해 빌었고
아들과 손자는 즐거움에
춤과 노래로 흥을 돋운다

남겨진 생애! 바라옵건대
끝없는 복을 누리옵소서
내일의 행운과 좋은 운수
갯가 남녘에 당도하리라

(二)

屹立箕山玄圃邨

汕翁擇處百年源

儉勤稼穡無憂食

敦厚修齊有樂軒

孝悌巷間爲定說

德仁鄉內久評言

從今祖蔭應無量

永圖菊潭風節門

기산(箕山) : 주인공의 향리 뒷산의 이름으로 '치이뫼'라고도 한다. 이 산은 고려의 유신(遺臣)인 송은(松隱) 박익(朴翊)이 이곳 송악리(松岳里)에 은거하면서, 중국 고대 요(堯) 임금 때 절의 높은 선비 소부(巢父)와 허유(許由)가 숨어 산 기산(箕山)에 견주어 그 절의지조(節義之操)를 나타내기 위해 이름을 지었다는 일설이 있다.

현포촌(玄圃邨) : 주인공 향리의 다른 이름. 현포(玄圃)는 중국 곤륜산(崑崙山)의 신선이 산다는 이상향(理想鄉). 기산(箕山)과 함께 생긴 지명이라 전한다.

산옹택처(汕翁擇處) : 주인공의 조고(祖考)인 호산공(湖山公) 박수용(朴秀鏞, 1873~1950)이 부북면 안골(內谷)에서 이곳으로 옮겨 살 곳을 선택했다는 뜻.

영도(永圖) : 조상을 위한 영원한 계책. 『서경(書經)』의 "검소한 덕으로 삼가하고 오직 영원한 계책을 세운다(愼乃儉德 惟懷永圖)"라는 말에서 나왔다.

국담(菊潭) : 주인공의 12대조인 박수춘(朴壽春 1572~1652)의 호 조선 중기의 학자로 정유재란(丁酉再亂)과 병자호란(丙子胡亂) 때 의병을 모아 창의(倡義)했으며, 만년에는 승정처사(崇禎處士)를 자처하였다. 향리에 은거하면서도 유림 활동과 학문을 게을리하지 않았다. 사후에 참의(參議)로 증직되었으며 청도(淸道) 남강서원(南崗書院)에 향사되었다.

(2)

우뚝하게 솟은 기산
현포동玄圃洞 마을이라
호산옹湖汕翁 살 곳을 정해
백 년의 근원 이루었네

부지런히 농사를 지어
먹고사는 걱정 없었고
도탑게 수신제가를 하니
즐거운 가정이 있었네

효도와 우애는 항간에
정해진 중론이 되었고
어진 덕망은 고을 안에
오래도록 평판을 얻었지

이제부터 조상의 음덕
응당 한량이 없으리니
국담선생 풍절의 문을
영원하게 도모하리라   (1992년 여름 인제(姻弟) 이윤성)

6. 憶亡弟月民 二絕

(一)

天涯悵望白雲生
一雁孤飛失路鳴
吾弟如今何處去
幽明忽異涕零橫

창망(悵望) : 슬픈 마음으로 멀리 바라보는 것.
일안고비(一雁孤飛) : 한 마리 기러기가 홀로 날아가는 것. 기러기가 줄을 지어 차례대로
　　질서 있게 날아가는 것을 안행(雁行)이라 하여 형제(兄弟)에 비유한다. 홀로 대열에서
　　떨어져 길을 잃고 헤맬 때는 형제간에 변고가 있음을 암시한다.
유명(幽明) : 어두움과 밝음 곧 저승과 이승을 가리킴.
체령(涕零) 눈물이 뚝뚝 떨어진다는 것.

6. 죽은 아우 월민을 생각한다 2수

(1)

슬피 바라보는 하늘 가에
흰 구름이 이는데

한 기러기 홀로 날며
길을 잃고 우는구나

나의 아우는 지금
어느 곳으로 갔길래

저승과 이승 문득 달라
눈물만 뚝뚝 떨어지네

(二)

今夕秋風冷氣生
空庭寥廓早蛩鳴
看雲步月思君貌
泣送泉臺一夢橫

요확(寥廓) : 텅텅 비어서 넓다는 것.
간운보월(看雲步月) : 멀리 구름을 보고 달빛을 밟는다는 것. 곧 고향에 계신 부모를 생각
　　하고 아우를 그리워한다는 의미.
천대(泉臺) : 앞 시 「억고우박춘경(憶故友朴春卿)」(376쪽)의 각주 참조

(2)

오늘 저녁 가을바람
차가운 기운이 이는데

휑뎅그렁한 빈 뜨락에
철 이른 귀뚜리 우는구나

구름 보고 달을 거닐며
군의 모습 생각할 제

울며 보낸 저승길에
한바탕 꿈만 가로놓이네

(第94回 白塔詩社韻. 2014年 10月 30日)

八. 嘉會和韻

좋은 모임에 운자를 따라 화답하다

1. 觀善輔仁契會

● 辛未契會韻 一九九一年 四月

藍湖漫漫映天空
華岳巍巍繞北東
立敎千秋傳後學
奠居百載述先功
東林栢葉生新綠
西院桃花爛發紅
春雨降霈爲潤木
永和當日養神同

남호(藍湖) : 밀양 부북면 퇴로리(退老里) · 가산리(佳山里) · 월산리(月山里) 등 세 동리에 걸쳐 조성된 큰 저수지. 남색을 띠고 있는 물빛이 큰 호수와 같다 하여 생긴 지명.

화악(華岳) : 퇴로리 마을 뒤쪽에 솟아 있는 큰 산. 옛날 밀양부의 진산(鎭山)이다.

입교(立敎) : 가르침의 방침을 세워 정하는 것. 여기서는 성헌(省軒) · 퇴수재(退修齋) 두 선생이 끼친 실학(實學)과 명륜(明倫)의 가르침을 말함.

전거백재(奠居百載) : 삶의 터전을 정한 지 백 년이 되었다는 뜻. 이해에 자손들이 선조의 문집을 영인(影印) 중간(重刊)하여 그 덕업을 기리었다.

영화당일(永和當日) : '영화(永和) 연간의 그날'이라는 뜻. 중국 동진(東晉) 목제(穆帝) 때인 영화 9년(353년, 癸丑) 3월 삼짇날 당시 43인의 명사들이 절강성 소흥(紹興) 난정(蘭亭)에 모여 곡수연(曲水宴)을 베풀고 시를 지은 모임을 가리킨다. 그때 지은 시를 모아 여기에 문호(文豪)이며 서성(書聖)인 왕희지(王羲之)가 서문을 지은 것이 유명한 「난정기(蘭亭記)」이다. 후대의 학자와 문인들이 이 '난정의 모임'을 본받아 풍류를 즐기는 관습이 생겼다.

양신(養神) : 정신을 수양하는 것.

1. 관선계 보인계의 모임에서

● 신미년 계회의 운자에 따라 1991년 4월

남호의 물은 질펀하여
푸른 하늘에 비치었고
화악은 높고 웅장하여
고을 북동을 에워쌌네

가르침 세워 천추토록
후학들에게 전했으니
주거를 정한 지 백 년에
선대의 공적 서술했다

동쪽 숲 잣나무 잎엔
새로 푸름이 돋아났고
서편 정자 복숭아꽃은
활짝 붉게 피었구나

봄비가 내려 적셔주니
나무엔 윤이 흐르는데
영화의 그날 난정 모임!
정신을 기름과 같구나

●癸酉契會韻 一九九三年 四月

雙梅幽馥滿庭園

泰斗瞻望尙有痕

西墅寒庵軒老洞

東丘隱榭退翁村

吟觴述製鶯啼和

宴席高談燕語喧

實學遺芳終不寂

斯文後進守其門

태두(泰斗): 태산북두(泰山北斗)의 준말. 세인에게 우러러 존경을 받는 학자와 문인을 가리
키기도 한다.

한암(寒庵): 퇴로 서고정(西皐亭) 부속 건물인 한서암(寒棲庵)을 가리킴. 성헌(省軒)선생이
만년에 독서를 하며 은거하던 서실.

은사(隱榭): 퇴로 동쪽 돛대산(帆山) 기슭에 있는 삼은정(三隱亭)을 가리킨다. 퇴수재(退修
齋)선생이 만년을 보내며 수양하던 정자이다.

실학유방(實學遺芳): 실학(實學)이 끼친 향기. 두 선생은 근기실학(近畿實學)의 종사(宗師)인
성호(星湖) 이익(李瀷) 선생의 학통을 이은 학자로서, 많은 업적을 남겼으며 특히 1918
년에는 퇴로에서 『성호집(星湖集)』 27책을 간행하였다.

● 계유년 계회의 운자에 따라 1993년 4월

두 그루 매화, 그윽한 향기
온 정원에 가득한데
태산북두로 우러러보던
흔적들이 아직도 남아

서쪽 정자 한서암은
성헌선생 휴양처요
동쪽 언덕 삼은정은
퇴수재선생 마을이라

시를 짓고 술 마시니
꾀꼬리 울며 화답하고
연회자리 고담준론에
제비 떼도 재잘거린다

실학이 끼친 고상한 향기
마침내 적막하지 않아
유학을 닦는 후진들이
배움의 문을 지켜주네

● 甲戌契會韻 一九九四年 四月

華山松蔭日中寒
退老湖邊適考槃
清德古家連碧瓦
珠藏玉府遶朱欄
先師遺誨思勤儉
後學多慙求飽安
勝會年年修此契
主賓談笑盡情歡

고반(考槃) : 숨어 사는 곳을 마련하여 마음 내키는 대로 사는 것.
청덕고가(淸德古家) : 맑은 덕이 서린 옛집. 성헌(省軒)선생 옛집 정침의 당호가 청덕당(淸德
　　堂)이다.
주장옥부(珠藏玉府) : 보배를 간직한 귀한 곳집.『성호집(星湖集)』을 비롯한 세고류(世稿類)
　　의 목판(木版)을 보존하고 있는데 퇴로리 천연정(天淵亭) 경내에 있다.
유회(遺誨) : 스승이 남겨주신 가르침.
포안(飽安) : 배부르고 편안한 것.

●갑술년 계회의 운자에 따라 1994년 4월

화악산 소나무 그늘
한낮에도 사늘한데
퇴로의 호수 언저리
숨어 살기 알맞은 곳

맑은 덕 서린 옛집
푸른 기와 이어졌고
보물 감춘 곳집에는
붉은 난간 둘려 있네

스승이 남기신 가르침
근검을 생각하노라면
후학들은 부끄럽구나
배부른 편안만 구하니!

훌륭하고 좋은 모임
해마다 치르는 이 계회
주인과 손님 담소하며
기쁜 정을 다하는구려

● 乙亥契會韻 一九九五年 四月

退里湖邊柳色深
雲煙帶雨掩華岑
芝蘭古宅傳芸帙
玉樹高臺蔭藝林
那羨永和修禊事
能娛觀善輔仁心
京鄕士子聚同座
兩位師賢慕德音

운질(芸帙) : 서적을 아름답게 부른 말. 책을 좀먹지 않게 하기 위하여 향풀(芸草)의 잎을
　　　넣어 보관한 데서 유래된 말.
예림(藝林) : 학문과 예술을 다루고 연구하는 곳. 예원(藝苑)과 같은 뜻.
영화수계(永和修禊) : 고대 중국 진(晉)나라 영화(永和) 연간에 난정(蘭亭)에서 행한 계회(契
　　　會). 앞 시「신미계회운(辛未契會韻)」(388쪽)의 각주 '영화당일(永和當日)' 참조
관선(觀善) : 관선계(觀善契). 1919년(己未) 삼일운동이 일어나던 해 성헌선생 회갑 일을 기해
　　　선생의 학덕을 기리는 영남 사림들이 계회를 만들어 해마다 추모 행사를 가져왔다.
보인(輔仁) : 보인계(輔仁契). 1942년(壬午)에 퇴수재선생 회갑 일에 선생의 후학들이 계회를
　　　조직하여 해마다 추모해오다가, 해방 후 관선계회 일에 동시에 시행하고 있다.
양위사현(兩位師賢) : 두 분의 어진 스승. 곧 성헌·퇴수재 양 선생을 가리킴.

● 을해년 계회의 운자에 따라 1995년 4월

퇴로마을 호숫가에
버들의 빛깔 짙은데
비 머금은 구름 안개
화악의 뫼를 가렸네

고택에는 지란 향기
소중한 책 전해지고
높은 누대 푸른 나무
예술의 숲 덮었구나

어찌 옛날 난정의 일
부러워만 할 것인가?
관선과 보인의 마음
즐길 수도 있는 것을!

서울과 시골 선비들
한자리에 모여 앉아
두 분의 어진 스승
거룩한 덕 추모한다

●己卯契會韻 一九九九年 四月

東風和氣滿園廬

柳錄花紅小雨餘

賓友聯筇參綺席

主人倒屐引衣裾

三亭古樹添幽致

四代奎星照靜居

瞻慕兩賢修禊日

清談佳句不違余

원려(園廬) : 정원과 집. 혹은 동산으로 둘러싸인 아담한 정자 같은 것.

빈우연공(賓友聯筇) : 손님과 벗들이 나란히 지팡이를 짚고 방문하는 것.

기석(綺席) : 비단을 깔아놓은 아름다운 자리. 또는 연회를 베푸는 좌석.

주인도사(主人倒屐) : 손님이 찾아옴에 주인이 반가운 마음으로 신발을 거꾸로 신고 황급히
　　마중하는 모양.

삼정(三亭) : 세 정자. 여기서는 밀양 퇴로(退老)마을에 있는 서고정(西皐亭)·용현정사(龍峴
　　精舍)·삼은정(三隱亭)을 가리킨다.

규성(奎星) : 별 이름. 이십팔수(二十八宿) 가운데 서쪽 하늘에 있는 열여섯 개의 별을 이른
　　다. 학문과 문물을 주관하는 별로 규문(奎文) 혹은 규장각(奎章閣) 등 옛날 관청의 이
　　름도 여기에서 나왔다.

● 기묘년 계회의 운자에 따라 1999년 4월

봄바람에 화창한 기운
동산과 집에 가득하고
푸른 버들 붉은 꽃이
비 온 뒤에 더욱 곱다

손님과 벗들은 나란히
좋은 자리에 참석하니
주인은 반가이 맞아
옷소매 잡고 인도하네

세 정자 오래된 나무
그윽한 정취를 더하고
사대에 걸친 문한의 별
조용한 거처를 비춘다

두 어른 높여 사모하는
계회를 닦는 날이라
맑은 말 좋은 시구가
나의 기대 어기지 않네

● 甲申契會韻 二千四年 四月

華山靈秀到村前
萬物生新氣浩然
出岫雲橫花下雨
歸巢燕拂竹間烟
先師教誨銘今日
後學追蹤慕往年
里誌刊行增盛事
咸稱退老最凝川

화산영수(華山靈秀) : 여기서는 화악산(華岳山)의 자태가 뛰어나고 빼어나다는 것.
기호연(氣浩然) : 호연지기(浩然之氣)와 같은 말. 천지간에 가득 차 있는 크고 굳센 기운이
  라는 뜻.
출수운횡(出岫雲橫) : 구름이 산봉우리에서 나와 비껴 있는 광경. 도연명(陶淵明)의 「귀거래
  사(歸去來辭)」에 "구름이 무심하게 산굴에서 나온다(雲無心以出岫)"는 말이 있다.
추종(追蹤) : 옛일을 더듬어 찾음. 지나간 일을 쫓아 그리워함.
이지간행(里誌刊行) : 이해의 계회에서는 벽사선생(碧史先生)이 저술한 『퇴로이지(退老里誌)』
  를 간행하여 참석한 선비들에게 기증하였다.
응천(凝川) : 옛날 밀양 고을의 다른 명칭.

● 갑신년 계회의 운자에 따라 2004년 4월

화악산의 빼어남이
마을 앞에 다다랐고
만물이 다시 새로워
기운이 넓고 굳세다

구름은 산에서 나와
꽃에다 비를 내리고
둥지에 돌아온 제비
대밭 안개를 스쳐가네

스승이 끼치신 가르침
오늘 마음에 새기고
후학들은 자취를 찾아
지난날을 추모한다

'퇴로이지'를 간행하니
훌륭한 일이 더해졌네
퇴로마을 일컫기를
밀양 제일이라 하더라

● 乙酉契會韻 二千五年 四月

報本堂中日暖暉
善仁遺化豈衰微
雲深北岳玄猿棲
風定南湖白鷺飛
世世清緣眞有望
年年勝事實無違
群賢共酌詩成日
退里春山紫蕨肥

보본당(報本堂) : 태어난 근본을 잊지 않고 조상에게 그 은공을 보답하기 위한 집. 여기서
　　는 퇴로리에 사는 여주이씨(驪州李氏) 파조(派祖)인 자유헌(自濡軒) 이만백(李萬白)을
　　추모하기 위해 그 후손들이 세운 집 이름. 이해에는 이곳에서 계회를 열었다.
선인유화(善仁遺化) : 선인(善仁)은 관선(觀善)・보인(輔仁) 두 계회를 아울러 줄인 말. 곧 성
　　헌(省軒) 퇴수재(退修齋) 두 선생이 끼치신 덕화(德化)를 이름.
공작시성(共酌詩成) : 함께 술을 마시며 시를 짓는다는 것.
자궐(紫蕨) : 봄에 파릇파릇 돋아나는 햇고사리. 붉은빛을 띤 식용 고사리.

● 을유년 계회의 운자에 따라 2005년 4월

보본당 한가운데
따뜻한 빛이 넘치는데
관선 보인 끼친 덕화
어찌 쇠퇴할 수 있는가

구름 깊은 북쪽 산엔
검은 원숭이 서식하고
바람 잔잔한 남쪽 호수
흰 갈매기 나는구나

대대로 이은 맑은 연분
참으로 보람이 있고
해마다 훌륭한 사업
실로 어김이 없도다

어진 이 함께 술 마시며
시를 짓는 날이라
퇴로마을 봄 산에는
붉은 고사리도 살찐다

2. 觀善輔仁溫知契會

● 丁亥契會韻 二千七年 四月

三月南州細雨晴
湖山春色更分明
西園竹裏芽新出
東墅松間蕨已生
花下靜看胡蝶舞
樹陰閒聽瑞禽鳴
溫知共座今年契
雅致重添好酒傾

溫知共座(溫知共座) : 온지계(溫知契)를 관선계, 보인계 두 계회와 합쳐 한자리에 앉게 되었
다는 말. 온지계는 밀양온지회의 명칭을 바꾼 것인데 벽사 이우성 선생으로부터 배움
을 받은 현지 제자들과 후학들이 스승의 학문적 업적을 기리기 위해 만든 모임이다.
성헌·퇴수재 양 선생의 학덕을 후학들이 존모하는 예에 따라, 벽사선생의 학문도 함
께 숭상해야 한다는 취지에서 이해부터 세 계회가 함께 행사를 하게 된 것이다.

2. 관선 보인 온지계회

● **정해년 계회의 운자에 따라** 2007년 4월

삼월의 남쪽 고을은
가는 비 개어 맑은데
물과 산의 봄빛도
다시금 밝아졌다

서쪽 동산 대밭에는
죽순이 새로 나오고
동쪽 정자 솔밭 사이
고사리가 이미 돋았네

가만히 꽃을 내려다보니
고운 나비는 춤을 추고
나무 그늘 한가로운데
기이한 새 소리 들린다

온지회와 함께 앉은
올해의 계 모임에는
아름다운 정취를 더해
좋은 술잔이 오고가네

● 戊子契會韻 二千八年 四月

隔歲西亭更倚欄

嶠南春色最淸閑

溪邊草綠輕烟外

繞屋花紅細雨間

觀補親朋交面舊

溫知新友記名難

年年此地同修禊

好作山陰故事看

서정(西亭) : 서쪽에 있는 정자 곧 서고정(西皐亭)을 이름. 여기 세 계회는 해마다 서고정·
　　삼은정(三隱亭)·천연정(天淵亭) 등 세 정자에서 번갈아가며 개최한다.
교남춘색(嶠南春色) : 영남 지역의 봄빛. 교남(嶠南)은 영남을 달리 이르는 말.
관보친붕(觀補親朋) : 관선계와 보인계에서 자주 만나게 되는 낯익은 친구라는 뜻.
온지신우(溫知新友) : 새로 들어온 온지계의 친구라는 뜻.
산음고사(山陰故事) : 산음(山陰)은 산의 북쪽이라는 뜻으로 여기서는 중국 절강성(浙江省)
　　소흥(紹興)에 있는 회계산(會稽山)을 말한다. 옛날 진(晉)나라 때 왕희지(王羲之) 등 명
　　사 43인이 삼월 삼짇날 그곳 난정(蘭亭)에 모여 계제사(禊祭祀)를 행하였다는 고사를
　　이름. 앞 시 「신미계회운(辛未契會韻)」(388쪽)의 각주 참조

● 무자년 계회의 운자에 따라 2008년 4월

한 해 건너 서고정에서
다시 난간에 의지하네
영남 지방 봄의 경색
맑고 고요함 으뜸이라

시냇가 파란 풀빛은
가벼운 연기 밖이요
에워싼 집 붉은 꽃은
가는 비에 젖는구나

관선 보인의 친한 친구
얼굴 대한 지 오래이고
온지회 새로운 벗은
이름 기억이 어려워라

해마다 이 마을에서
계 닦는 일 함께 하며
좋은 산음의 고사를
만들어보는 것 같네

● 己丑契會韻　二十九年 四月

歸雲拖雨嶺南天

退里湖山帶淡煙

別業風光如舊日

郊原物色異前年

嘉賓喜笑山房內

好友淸談水榭邊

懷想山陰修禊事

吟詩一醉共陶然

타우(拖雨) : 비를 끌어온다는 것. 곧 비를 내리게 한다는 뜻.

산방(山房) : 산정(山亭)에 마련한 방. 서고정(西皐亭) 정당에 퇴로산방(退老山房)이라는 편액
　　이 있다.

수사(水榭) : 물가에 있는 정자. 여기서는 서고정 경내 연못인 활수당(活水塘) 가에 있는 한
　　서암(寒棲庵)을 가리킨다.

수계사(修禊事) : 음력 3월 삼짇날 흐르는 물가에 가서 몸을 깨끗이 씻고 신에게 빌어 재앙
　　을 없애고 복을 구하는 행사를 말한다. 매년 봄 선비들이 모여 술을 마시고 시를 지
　　으며 청유(淸遊)를 즐기는 행사를 난정수계(蘭亭修禊) 또는 산음고사(山陰故事)에 비견
　　한다.

도연(陶然) : 술이 거나하게 취하여 기분이 좋은 것.

3. 덕곡재의 운자에 화답하여 1989년 5월

정자는 곧 학음손공 태좌를 존모하는 곳으로 부북면 덕곡리에 있다. 일찍
이 봉천사 제목의 칠언절구 한수와 남수정 제목의 칠언율시 두수가 전한다.

학음공鶴陰公 음덕이 끼친
이 정자의 누각 건물!
후손들이 뜻 받들어
옛 마을 어귀에 세웠네

양덕마을 땅 기운은
탄생과 양육을 도왔고
덕곡마을 자연의 미덕
오랜 역사를 빛냈구려

높고 뛰어난 인품은
화악산처럼 우러렀고
훌륭한 풍류는 길게
응천의 흐름과 닮았다

봉천사! 읊은 시 한 수
아직도 칭찬을 받음에
진리의 근원을 찾아
추구할 수가 있으리라

4. 和樂山樂水堂韻 ─一九九六年 三月

堂在 上東面佳谷里 卽吾友三亭朴登苗 其先王考山水亭公之舊宅 撤去後其
基恢拓 創建別墅也

貞魂幽棲落霞山

佳谷郊前碧一灣

久廢故園恢美境

遂成新榭隔塵寰

先人杖屨逍遙處

後胤鎌鋤阡陌間

鄕黨咸稱賢裔志

家聲大振謀和安

요산요수당(樂山樂水堂) : 이 건물의 옛 주인 박장근(朴壯根 : 1861~1935)의 아호 산수정(山
水亭)의 뜻을 취한 당호 『논어(論語)』의 '인자요산 지자요수(仁者樂山智者樂水)'에서
따온 말.

낙하산(落霞山) : 집 뒷산의 이름. 주인공의 선대 조비(祖妣 민씨(閔氏)가 임진왜란 때 왜적의
급박을 피해 이 산에 올라 바위에서 떨어져 순절을 한 곳. 마을 입구에 그 정려각(旌閭
閣)이 남아 있다. 낙화암(落花巖) 또는 낙하덤(落下崖)이라는 지명으로도 알려져 있다.

소요처(逍遙處) : 건물 창건주의 선조부 산수정공이 생전에 그 선대 조모의 혼령을 추모하
며 소요 자적하던 낙하산의 유적. 커다란 바위 벽면에 '밀성박씨장근거지(密城朴氏壯
根居地)'라는 여덟 자의 글자를 새겼다.

겸서(鎌鋤) : 낫(鎌)과 호미(鋤) 등 농기구.

천맥(阡陌) : 논밭 사이에 난 길. 남북으로 난 것을 천(阡), 동서로 난 것을 맥(陌)이라 하는
데, 들판에서 농사짓는 것을 뜻한다.

현예(賢裔) : 어진 후손. 여기서는 이 건물을 창건한 후손을 가리킨다.

4. 요산요수당의 운자에 따라 1996년 3월

집은 상동면 가곡리에 있다. 곧 나의 벗 삼정(三亭) 박등줄(朴登茁)이 그의 돌아가신 할아버지 산수정공(山水亭公)의 옛집을 철거한 후 그 터를 크게 넓혀 창건한 별서(別墅)이다.

곧은 혼령 그윽이 깃든
이름난 낙하산 아래
가실마을 들판 앞에
한 굽이 푸른 물이라

오래 묵은 옛 동산을
아름답게 넓혔으니
새로운 정자 이룩하여
속된 세상 멀리했네

선조의 자취가 남아
한가로이 노시던 곳
후손들은 농사를 짓고
들판 사이에 거주했다

향중에서 일컫기를
현명한 후손의 뜻이
가문의 명성을 떨치고
화평을 꾀했다 하더라

5. 次洛洲齋重建韻 一九九八年 八月

齋在下南面明禮里 朝鮮朝 仁祖時 王族洛洲齋李潘 棄紱晦迹於雲海之濱自
靖沒世之處也 頃者其雲仍合謀 至於戊寅盛夏 頹落齋舍重建畢役後 有吾友野屯
李康栢之所請 是應作也

碧瀾漾漾洛江東

韜晦高風尚未窮

望慕西宮殘月白

誠忠南面落霞紅

四美考槃先世樂

二難嘉會後仍功

御筆亭稱鄉曲羨

田民賜賚國恩隆

벽란양양(碧瀾漾漾) : 푸른 물결이 출렁거리는 모양.

도회(韜晦) : 출중한 재주와 학문을 갖추고 있음에도 드러내지 않고 숨어 지내는 것.

서궁(西宮) : 대궐의 서쪽 궁전. 광해군(光海君)의 난정(亂政)으로 인목대비(仁穆大妃)가 이곳
　　에 일시 유폐(幽閉)되었다. 이때 낙주재공(洛洲齋公)은 위험을 무릅쓰고 몰래 대비에게
　　음식을 올렸고, 제주도에 부처(付處)된 부부인(府夫人)을 돌보아 대비의 마음을 위로하
　　였다.

남면(南面) : 남쪽을 향한 자리. 곧 임금이 자리 또는 임금을 말함.

사미(四美) : 좋은 계절(良辰)·아름다운 경치(美景)·완상하는 마음(賞心)·즐거운 일(樂事)
　　등 네 가지 아름다운 일.

이난(二難) : 두 가지 얻기 힘든 것. 곧 현명한 주인과 훌륭한 빈객을 이르는 말.

어필정칭(御筆亭稱) : 임금이 직접 쓴 글씨, 여기서는 '낙주재(洛洲齋)'라는 정자의 명칭과 '금
　　지옥엽(金枝玉葉)'이라는 네 글자의 휘호를 인조(仁祖)의 어필로 내린 사실을 말한다.

전민사뢰(田民賜賚) : 임금이 논밭과 노비를 신하에게 하사한 일.

마도 석농옹이 시로써 자신을 과시하려는 의식을 하지 않고 시를 쓰기 때문에 그 시가 자연 맑고 담박할 것이다. 또한 이것은 옹의 순진하고 담담한 영혼과도 관계가 있는 것이라 믿는다. 앞서 석농옹의 동안(童顔)에 대하여 말한 바 있지만, 옹의 얼굴 표정에서는 정말 어린애처럼 평화스러움을 느낀다. 동그랗고 아담한 모습에 언제나 순박한 미소를 띠고 있다. 그러나 동안이 석농옹을 나이보다 젊어 보이게 한다고 말하는 것은 석농옹을 피상적으로 관찰한 것이다. 옹은 실지로 동안(童顔)에 걸맞은 동심(童心)을 지니고 있음이 틀림없다. 이 동심이 미수(米壽)를 앞둔 옹을 젊어 보이게 하고, 맑은 시를 쓸 수 있는 동력이 되었다고 생각한다. 가령 여기에 무작위로 뽑아본 다음과 같은 시를 보면 그의 맑은 영혼과 정서를 어느 정도는 짐작할 수 있을 것이다.

장마 끝에 산빛은
더욱더 새파랗고

골짜기의 새소리는
세상 밖 정다움이라

솔 그늘 천천히 걸으면
한없이 좋은 기분인데

깊은 계곡에 해가 기우니
풀꽃도 환하게 피었네

霖餘山色倍加靑
谷鳥關關塵外情
緩步松陰無限好
洞天斜日草華明

               - 「비가 그친 뒤 산행을 하며(雨後山行卽事)」 전문

　시를 쓰다 보면 남들과는 다른 기발한 착상을 하고 싶고 새로운 시어(詩語)를 구사하고 싶은 욕심이 생기는 법인데, 이 시에서 보듯이 석농옹의 시에는 그런 흔적이 없다. 비 온 뒤의 산길을 걸으면서 보고 느낀 것을 수식과 기교에 의존함이 없이 그냥 담담하고 쉽게 표현했을 뿐이다. 그야말로 평담(平淡) 그것이다. 이러한 시풍(詩風)의 근원이 바로 석농옹의 동심에 기인한 것은 아닐까? 어린이는 억지로 잘 보이려고 치장을 하지 않는다. 어린이는 잔꾀를 부릴 줄도 모른다. 그래서 어린이를 천사의 모습으로 비유하여 그 마음속에 하늘이 들어 있다고 여기는 것이다. 영국의 어느 시인이 "어린이는 어른의 아버지"라고 말한 까닭도 이해가 된다.

　내가 보기에 석농옹은 아무리 나이가 많아도 어린이의 마음으로 시를 써온 것이 틀림없다. 그래서 '늦은 나이에도 남아 있는 서정'을 내세운 책제목이 어울린다. 그 서정이 바로 어린이와 같은 해맑은 마음에 기인하였고, 그 시가 간결하고 일상적인 이야기를 담담하게 풀어내듯 친근한 것이 아닌가 여겨진다. 그리고 평담(平淡)하다는 것은 맑은 물처럼 '싱겁다'는 뜻이 내포되어 있다. 세상에 물맛보다 더 싱거운 것이 없지만 또한 물맛보다 더 오묘한 것도 없다. 이것이 석농옹의 동안

(童顔) 뒤에 숨어 있는 동심(童心)이고 그 시상(詩想)에도 녹아 있는 것이라 확신하는 연유이다. 석농옹이 이 시집 말미에 글을 붙이라는 부탁을 끝내 물리치지 못하고 여기에 어설픈 마음으로 사족(蛇足)을 달았다. 오히려 책을 더럽히지나 않을까 걱정이 앞선다.

2014년 12월 9일

止山書室에서

宋載邵 謹識